空飛ぶ黄金

怪盗 黒猫 4

和久田正明

時代小説

二見時代小説文庫

JN067566

目次

空飛ぶ黄金——怪盗 黒猫4

第一章　囁(ささや)く忍び

一

町火消し同士の喧嘩は凄まじい。

商売道具の鳶口(とびぐち)を振り廻すから、死者はともかく、かならずや血の雨が降って怪我人が続出する。役人でも居合わせれば争いは納まろうが、そうでないと収拾(しゅうしゅう)がつかなくなる。

その夜、浜町河岸(はまちょうがし)でろ組とほ組の喧嘩がおっ始(ぱじ)まり、三十数人の大出入りとなって、駆けつけた野次馬も巻き込んで怒号が飛び交った。

仲裁役がいないので騒ぎは大きくなるばかりで、そこへ折悪(おりあ)しく通りかかった直次郎(なおじろう)は知らん顔もできずに割って入ったが、理不尽にも手荒に突き飛ばされて頭に血が昇った。

「何しやがる、いい加減にしねえか、てめえら」

威勢のよさは火消しどもと変わらず、火中に飛び込むようにして直次郎は暴れ、火消し連中を突き飛ばして殴打（おうだ）した。連中は直次郎を時の氏神（うじがみ）とは思わず、向かって来るから騒ぎは彌増（いやま）した。

ド突かれ、もみくしゃにされる直次郎の耳に、その時不意にざらついた男の声が地獄の底から囁（ささや）くかのように聞こえてきた。

「黒猫（くろねこ）さん、おやめなさい」

ギョッとなった直次郎が声のした方を鋭く見ると、どこにも男の姿はなく、妙な人間もいない。

なぜ直次郎のことを『黒猫』と知っているのか、烈（はげ）しい疑念に火消しどもの悶着（もんちゃく）などどうでもよくなった。

必死で男を探す直次郎の頬に、拳骨（げんこつ）が強烈に炸裂（さくれつ）した。何も知らぬ火消しの仕業（しわざ）だ。

「あっ、くそっ」

拳骨の主（ぬし）に飛びかかり、投げ飛ばした。

また男の声が耳許（みみもと）で聞こえた。

「おまえさんにお願いがあるんで、探してたんですよ。聞いてくれませんか」

やはり男は姿を見せない。野次馬たちは喧嘩に夢中で、違和感のある人間などいない。

「だ、誰なんだ」

烈しく見廻して言うと、火消しどもとは明らかに違う人影が、路地の奥にすばやく消えるのが目に入った。

（あいつ、只（ただ）もんじゃねえ）

路地へ向かって一直線に走った。ところが入口に立つと、人影はどこにもいないのだ。

「このおれにどんな願い事があるってんだ、姿を見せてはっきり言ってみろよ」

「そいつはご勘弁（かんべん）を」

いずこからともなく、遠くなのか近くなのかも知れぬまま、再びその声が耳に届いた。

直次郎がサッと見廻しても、辺（あた）りはひっそりとして人影はない。敵の正体がわからないから、不気味なことこの上ない。相手は尋常（じんじょう）な輩（やから）ではないと思った。このような隠遁（いんとん）の術（じゅつ）を使う手合いは限られていて、直次郎はある勘をつけた。

その時、自分の足許を見てハッとなった。血溜まりがあったのだ。相手のものなのか。

夜風が不気味に吹きつけ、血の匂いが漂った。血痕を辿りながら油断なく突き進む。一軒の空家らしき真っ暗な家の前で、血痕は止まっていた。

直次郎は勇を鼓してダッと踏み込んだ。

荒廃した家のなかで、一人の中年男が精も根も尽きた様子で力なく座していた。黒装束で、尋常ないでたちではない。町人に見えるが、下げ緒の長い特殊な刀を抱いている。言い伝えに聞く忍び刀だ。おのれの勘が間違っていないことがわかった。

油断なく近づくと、男は青白い顔で不敵に笑った。小柄で、老いた猿を思わせる男だ。

「ようやく見つけてくれましたか」

「誰なんだ、おめえさんは」

「察しはついていると思いますが」

相手が相手だけに、直次郎は気を弛めず、

「どうしておいらの素性を知っている」

「蛇の道は蛇でして、裏渡世の人たちに聞いて廻った揚句、この二、三日おまえ様をつけ廻しておりました。お住まいは深川黒江町の阿弥陀長屋、相棒の黒猫はお夏さん、知りませんでしたよ、黒猫が二人組だったなんて」

「黒猫に何を頼もうってんだ」

「お願いの儀があるんです」

「さっさと言ってみろよ、そいつを」

直次郎は男の前にどっかと座り、

「おめえさん、塩梅が悪いんじゃねえのか」

「気になさらないで下さい。大丈夫です」

「よし、用件とやらを聞こうじゃねえか」

「わたしの名は雨月と申します」

「雨に煙る月かよ、陰気臭え名めえだな」

「忍びでございますんで」

言った後、雨月は「うっ」と小さく呻いて腹部を押さえた。そこに深い疵があり、出血しているようだ。

「誰にやられた」

「さあて、そいつは……」

雨月が曖昧に言って顔を伏せる。

直次郎はもう何も言わず、雨月の言葉を待つことにする。

やがて気息奄々といった様子で、雨月が語りだした。

「泰平のご時世ですから、忍びが仕事にありつくのは大変でございました。江戸では無理なので諸国を転々としておりましたところ、驚いたことに江戸のさるお旗本に拾われたんです」

「なんという御方だ」

「河合源左衛門様と申します」

「その人のお役は」

「佐渡奉行です」

「佐渡……」

「ご老中様のご支配で、佐渡の海上警護、鉱山の監督、もっと詳しく申しますと佐渡と周辺の島々の公事裁許仕置き、それに年貢の取り立てが役務でございますな。河合様は千石取りで、お役料は千五百石、お役扶持は百人扶持の豊かな台所でございました」

「そりゃそうだろう、佐渡にゃ金山があってお上の財源だ。おめえさんはどういう名目で雇われたんだ。家来だって大勢いるだろ」

「お奉行配下の組頭が二人、広間役八人、定役に並役、使役、さらには同心、牢守り、水主などが三百人がとこぶら下がっております。わたしは河合様の陰の用心棒を」

「河合様は誰かに狙われているのか」

「そういうことではなく、扱うものが黄金だけに、用心に用心を重ねているのでございますよ」

「ちっとも話が見えねえな、先をつづけてくれねえか」

「こたび、佐渡で採れた黄金が何者かに盗まれのでございます」

雨月の爆弾発言に、直次郎は驚きの目を開く。

雨月がつづける。

「三月前のこと、佐渡の南河岸にある小木湊から、幕府専用の金銀輸送船に金の延べ棒八百本を積み込み、対岸の出雲崎に運び、陸路北国街道を江戸へ運んだのでございます」

「その道中で盗まれたのか」

「いいえ、途中幾度も調べましたが、八百本は無事でございました。盗難は河合様の神田明神近くの江戸屋敷に着到してからでございます。八百本の延べ棒を一旦はお蔵に運び入れ、翌日に千代田のお城へ持って行く算段でございましたが、そこで八百本のうち、十本がなくなっていたのでございます」

延べ棒一本は三尺（約九十センチ）ほどの長さで、十本となるとかなり重いという。

「八百本のうちの十本だと？」

「はい、左様で」

「妙ちくりんな話じゃねえか。盗っ人なら八百本全部を手に入れるんじゃねえのか」

「さあ、下手人の狙いまではわかりません」

「十本を小判に直すとどれくれえになる」

「それだけで千両（約一億二千万円）は下らないものと」

「千両かあ、そいつぁ凄え。確かに欲さえかかなきゃ十本でも十分にいけるぜ」

「肝心なことは誰が盗んだかです」

「心当たりは」

「まったくございません。こたびの輸送には五十人の配下がしたがっておりました。そのうち江戸屋敷まで来たのは、わたしを入れて三十数人でございます」

「そのなかに下手人がいるんじゃねえのか」

「考えられません。皆さん気心の知れたお仲間でございましたから。またその方々を疑うのは嫌（いや）でございますよ」

「おいおい、おめえさん、泰平の世にすっかり馴れちまったんじゃねえのか。群雄割拠（ぐんゆうかっきょ）する戦国の世だったら、ご先祖様の忍びなら誰一人信じねえはずだぜ」

「はい、確かに。それは忍びの習い性（せい）でございますな。けどわたしは戦国の生まれではないので」

「そんなこたわかってるよ」

　直次郎は舌打ちして、

「で、おめえさんを襲ったのはどんな連中なんだ」

「わたしが黄金の行方を追って探索に乗り出しまして、今日になって外出をした折、たそがれ時の薄暗がりで数人の刺客（しかく）に襲われたのでございます」

「顔は見たのか」

「男たちは頭巾（ずきん）をしておりました」

「同業の忍びじゃねえのか」

「違いますが、お武家であることは間違いございません」

「河合様はどうした」

「それが……」

雨月は苦渋の顔になり、

「今日の昼に腹を召されました。それを知って居ても立ってもいられず、探索に出たのでございます。黒猫殿のことはその前の日にわかっておりました」

「ああっ、なんでまた腹を……」

「武士道に生きておられた御方ゆえ、おめおめと生き長らえるわけにはゆかなかったのでは。口惜(くちお)しゅうてなりませぬ」

「そこでおめえさんは、このおれに下手人探しを頼みてえと」

「さ、左様でございます。盗っ人のおまえ様なら江戸の闇にも通じておりましょう。お力添え願えませぬか」

激痛でも走ったのか、雨月は苦悶(くもん)の顔になって、

「黒猫殿、何とぞ十本の黄金を」

「待ってくれ、すぐ医者を呼んで来るからここで動かねえでいてくんな、いいな」

直次郎が言って雨月の肩に手を掛けたとたん、雨月はそのままがくっと頽(くずお)れて絶命した。

二

直次郎は端正な面立ちで眼光鋭く、血気盛んな若者だ。粋でいなせな遊び人を気取ってはいるが、どこか生硬さがつきまとう。

それもそのはずで、直次郎の正体は元武士なのだ。しかも浪人などではなく、信濃国萩尾藩一万五千石の跡取りで、結城若狭守直次郎というれっきとした名を持った元若殿なのである。しかも剣才に恵まれ、直心影流の奥義を極めていた。

その直次郎が流れ流れの末に、こうして江戸町民になった経緯はこうだ。

二年前の春、直次郎の父山城守吉弥が病いを得て他界し、当然のことながら家督相続の運びとなった。

ところが直次郎は二十三歳の若さで、隠居したいと言いだしたのだ。家臣らは大いに困惑し、「お考え直しを」とこぞって翻意を迫ったが、直次郎の決意は固かった。

それというのも、おなじ領内に結城家の分家として青山家という親類がいて、萩尾藩の家老職にあり、二千石を分地されて領内に館を建てて一門を成していた。その当主は彦馬二十歳で、これが直次郎の妹鶴姫と恋仲だったのだ。

文武共に優れ、気性のやさしい彦馬は直次郎とも盟友関係にあった。そこで直次郎は彦馬に藩主の座を譲り、鶴姫と添い遂げさせようと考えたのである。

否やを唱えていた家臣たちも、初めはすんなりとはゆかなかったものの、やがてそういうことならばと紆余曲折の末に承服した。彦馬の穏やかな気性は、誰からも慕われていたのである。

そうすることによって、直次郎は自由を手に入れようとしていた。元々堅苦しい武家の暮らしが性に合わず、何事も型破りを好む直次郎だったから、常日頃より自由闊達に生きていた。城下では酒と喧嘩に明け暮れる暴れん坊の若殿だった。

しかしここに大きな障りが生じた。

山城守の側室小陸がわが子又之助を藩主の座に据えようと、奸計をめぐらせたのだ。直次郎、鶴姫の兄妹を亡き者にしようと権謀術数を謀ったのである。小陸は刺客団を雇い、兄妹に魔の手を差し向けた。その攻防戦のさなか、鶴姫は兇刃に仆れた。

直次郎は妹の仇討のため、小陸の屋敷に乗り込んだが刺客団に阻まれ、又之助は仕留めたものの、小陸には逃げられた。

地の果てまでも追ってやると覚悟をつけ、直次郎は彦馬に因果を含め、萩尾藩を継ぐことを約束させた。その上で領内を飛び出し、街道で伏兵を次々に斬り伏せ、小陸を追いつづけた。

その頃、小陸は旅先で知り合った江戸の大身旗本の側室お吟と親しくなり、気が合って道中を共にしていた。ところが二人の女の間にどんな諍いがあったのかは不明だが、小陸はお吟に殺害されてしまった。

それを知った直次郎は生きる目標を失い、途方に暮れたが、お吟に目が行き、持ち前の正義感が首をもたげてきた。

（お吟なる悪婆、捨ておけぬ）

そうして数奇な運命に導かれるように、直次郎は江戸へ着到し、大身旗本の屋敷へ探索のために忍び込んだ。

そこで期せずして、ある女と運命的な出会いをした。

それが江戸の闇を闊歩する女賊黒猫だったのである。

三

次の日の夜になって、闇のなかから現れた若い女が裏門の戸をそっと叩いた。女は髪をひっつめにし、地味な小袖を着て、化粧っけはないが、夜目にも目鼻立ちの整った美形である。

神田明神近くの、佐渡奉行河合源左衛門の屋敷だ。

待っていたように戸が開き、女中頭のおむらが秘密めかした顔を覗かせ、女を導いた。

女は邸内へ入っておむらに頭を下げる。

「秘密は守れるな」

高圧的な口調でおむらは言う。

女は無言でうなずいた。

「今は坊さん方が読経をしている。それが済むとささやかな酒宴が開かれる。そこであんたに例のことをして貰いたい」

「承知致しました」

おむらは女に金包みを与え、「ついて来とくれ」と言って踵を返した。

女がしたがって行く。

母屋に上がって小部屋へ入ると、おむらは女に着替えるように命じた。女は言われた通りに着ていた小袖を脱ぎ、用意された武家者の衣装に着替えた。おむらが介添えして、女の髪から玉かんざしを引き抜き、手渡した。女はそれを帯の前へ差し入れる。

おむらは見違えるようになった女の立ち姿を上から下まで見て、満足そうな顔になり、

「いいね、それじゃこっちへ」

「はい」

おむらは女をしたがえて長い廊下を行き、広間の前へ来た。なかから厳かな読経の声が聞こえている。

おむらと女が襖を開けて入室した。

通夜が粛然と行われていた。僧侶二人が仏前で経を唱え、陰鬱な雰囲気のなか、大勢の河合家の親族や家の子郎党が神妙に居並んでいる。

おむらは女に何事か囁いておき、一人上座の方へ向かった。そこに老女松前がいて、おむらが何事か囁く。老女とは老婆という意味ではなく、あくまで武家社会における女の役職の名で、松前は四十そこその年である。

やがて読経を終えた僧侶たちに、松前が小声で礼を述べて紙に包んだ分厚い布施を渡した。僧侶たちはそれを押し頂き、広間を出て行った。

入れ違いに女中たちが膳を持って現れ、客たちに酒肴を振る舞った。静かなざわめきが起こり、客たちが膳に向かう。

頃合いを見計らい、おむらが女に合図を送った。女はそれにうなずき、不意にしくしくと啜り泣きを始めた。声がしだいに高まり、嗚咽が客たちの胸に悲しく響き、女客の何人かがつられて泣きだした。

それが思う壺で、『泣き屋』の女は泣くのをやめ、自分の前に置かれた膳に手を付け、嘘泣きだからけろっとして箸を進めた。

近くの中年の女客が女に酌をしながら、

「そこ元、殿様とはどのような関わり合いかな」

それに対し、女はしれーっとして答える。

「その昔に大変お世話になった者です。殿様がお腹を召されたと聞き、深川から飛んで参りました」

「まあ、それはそれは」

女客はさらに酌をして、

「河合様がこのような災厄に見舞われるなどとは、誰が予想したでしょう。悲運としか言いようがありませぬな。立派にお腹を召されたそうですよ」

「あのう、河合様のお家はどうなるのでしょうか」

「さて、今のところは何も決まっては……されど河合様は幕閣に顔も利くので、お家断絶は免れるのではと、皆様が申されておる」

「それは、ようございました」

庭の方から荒々しい物音が聞こえてきた。

女はつっと目を上げ、女客に問いかけの視線を投げた。

「目付方が邸内を捜索しているのです。何も出てくるはずはあるまい。河合様は潔白なのじゃからな」

「はあ」

女の目が落ち着かなくなる。金の延べ棒の盗難をこの女客は知っている。もはやそのことは隠しおおせるわけにもゆかず、周知となったようだ。

庭に面した障子が開かれ、目付の一人が顔を出し、それに松前が近づいて行った。

廊下で二人は小声で言葉を交わしている。

やがて松前の口から「よかった」と言う声が漏れ出た。恐らく屋敷から金の延べ棒は出てこなかったものと思われた。

元の小袖に着替えた女が、裏門から忍びやかに現れた。

すると闇のなかで待っていた町人の男二人が駆け寄って来て、心配そうに女を取り囲んだ。

「どうだ、うまくいったか」

いかつい顔つきで髭が濃く、まるで山賊のような中年男が女に問うた。

女は返答に困ったようにしている。

「何かあったのか、有体に言えよ」

馬面の博奕打ち風の、もう一人の中年男が言った。

「何もなかったわよ、それに使用人のなかにも、今のところ変なのはいなかった」

そう答えた女はお夏で、黒猫直次郎の相棒である。

山賊風はお夏の兄の熊蔵、博奕打ち風は政吉という。

かつて江戸に着到した直次郎は、深川黒江町の阿弥陀長屋に住居を定めた。その長屋の大家がお夏で、直次郎がお吟に一矢報いるために忍び込んだ大身旗本の屋敷で鉢合わせしたのだ。

そのお夏こそ、江戸市中を跋扈せし怪盗黒猫であった。お夏は盗んで得た金には一切手を付けず、すべて貧者に施す、という当節稀な義賊であった。義賊気取りで売名のうまい盗っ人はいても、お夏は正真正銘のそれなのだ。

その夜を境にして、直次郎とお夏は肝胆相照らす仲となり、手を組むことになった。

大江戸に二人の黒猫が誕生したのである。

その後、黒猫二人の働きで、大身旗本の旧悪が暴かれて制裁を受け、お吟もやがて身を滅ぼした。

四

その夜遅く、深川黒江町阿弥陀長屋の直次郎の家で、密談が交わされていた。集まっているのは直次郎、お夏、熊蔵、政吉、それと岳全、捨三だ。お夏は表向きこの長屋の大家で、直次郎、政吉、岳全、捨三は店子なのである。

直次郎と政吉は無職渡世の遊び人の体で、岳全は丸坊主の所化、捨三は墓守だ。所化とは弟子僧のことをいう。岳全と捨三は黒江町から歩いてすぐの寺町にある増林寺に奉仕している。熊蔵だけは町内でいかがわしい古道具屋を営んでいて、そっちに住んでいる。

店子の全員が男で、直次郎とお夏が義賊黒猫であることを知っている。そして黒猫の二人を囲むむさ苦しい中年男四人は、難儀な事件が起こった時に手足となって働く助っ人役なのだ。

「で、どうする?」

熊蔵が直次郎とお夏を交互に見て言った。政吉以下の男たちも二人に視線を注いだ。

　お夏が承知して、

「それについては直さんとも相談したんだけど、お屋敷にいる家来や雇い人すべてを調べるわ。そのなかに下手人がいるとしたら、きっと怪しい動きをするはずよ。ひっかかる奴がいたらとことん調べ上げて——といってもねえ、人数が半端じゃないのよ」

　千石級の武士の軍役は、家臣五人、立弓一人、鉄砲一人、槍持ち一人、甲冑持ち一人、草履取り一人、長刀一人、挟み箱持ち二人、馬の口取二人、押足軽一人、小荷駄二人の計十八人となる。それらのうち主と用人を入れて侍は七人だから十三人の若党以下がおり、二個分隊近くになる。さらに分隊級の者として、押足軽がいる。馬も主の乗用、乗替用二頭に小荷駄用二頭の計五頭を飼っている。

　それだけの数の者たちがいて、さらに中間や下働きの女中たちを召し抱えており、三十人近くの男女が屋敷内にひしめいている。

　河合の屋敷は三十間四方九百坪を拝領し、長屋門、門番所付きだ。奥は付女中が五、六人ほどいて、老女松前が監督指揮に当たって奥方付となっている。女中頭のおむらはその下にいる。

政吉が難色を示して、

「けどよう、おれたちにゃとてもじゃねえが屋敷にゃへえれねえ。おめえみてえに泣き屋ンなって、うめえこと潜り込むなんて芸当はとても無理だぜ」

捨三が得たりと膝を叩き、

「お夏さんの泣き屋はよかったんじゃないのか。よくそんなことを思いついたもんだよなあ」

「あれは直さんの入れ知恵なのよ」

直次郎がうなずき、

「ちゃんとした所のとむれえにゃかならず泣き屋が呼ばれる。盛り立て役が必要なんだ」

「泣き屋とは元々渡来のものでな、立派に稼業として成り立っておるんじゃ。わが国にはまだ数は少ないがの」

岳全が知識をひけらかす。

「それでおいらが屋敷のおむらって女中頭を呼び出してな、泣き屋はいらねえかと聞いてみた。するってえと是非頼むと言われてよ、話はすぐに松前様に通ってまんまとうまくいったのさ」

「松前様は、昔っから河合家に仕えていたそうよ」

「それじゃお夏、その松前様を手蔓(てづる)にするんだな」

直次郎が言うのへ、お夏は答える。

「うん、おむらさんと松前様を手始めにやってみるわ。当たって砕けるしかないわねえ」

「それにしても雨月って男、見ず知らずの直さんに宝探しを頼むなんて、どうかしてねえか」

「まあそう言うな、熊蔵さん。雨月って人はおれを見込んで頼んできた。その思いを無下(むげ)にゃできねえだろ」

「あたしも直さんの心意気に賛成するわ。赤の他人が命を懸けて頼んできたんじゃない。精一杯それに応えるべきよ。ねっ、直さん」

「そうともよ。おれぁとっくにその気ンなってるぜ」

「そういうことだから兄さんもみんなも、いいわね」

お夏が念を押した。

熊蔵、政吉、岳全、捨三は目顔でうなずいて、

「こいつぁよ、いつも岳全さんが言ってるあれだぜ」

熊蔵が言った。

すると政吉は口を尖(とが)らせ、

「あれじゃわからねえだろ」

「あれだよ、あれ。義を見てせざるはなんとやらってやつよ」

「勇なきなりであろう」

岳全が言った。

「そう、それ。直さんにお夏、ここは一番ふんどしを引き締めてかかろうじゃねえかよ」

熊蔵の言葉に一同が賛同し、お夏だけが胸のなかでこぼした。

（ふンだ、どうしてあたしがふんどしをしめなくちゃいけないの。こんないい女がそんなものするわけないじゃない）

五

加代(かよ)は武州(ぶしゅう)秩父(ちちぶ)の中里村(なかざとむら)から江戸へ奉公に上がり、今年で二年目になる。年は十八だ。

江戸にもすっかり馴れ、土臭い田舎の垢が抜けて見違えるような娘になった。元より器量良しの上、生来の利発者なので奉公先の受けもよく、加代は水を得た魚のように日々充実感を味わっている。

奉公先は深川菊川町にある翁屋という明樽問屋で、括りとしては古物買いになる。主従併せて五十人ほどの店で、取引先も多く、活気がある。

翁屋では反故紙を買い集める紙屑買い、壊れた鍋、釜、折れた釘などを買う古鉄買い、それに破れて使えなくなった唐傘の古骨買いなども行っている。江戸という街はそれらのすべてを再生し、再利用するのだ。

加代が任されている仕事は明樽窺いで、市中を歩き廻り、酒樽や醤油樽の明樽を各家々から見つけてくる。醤油樽は古いものほどよしとされ、醸造元へ売り戻し、酒樽や空櫃などは用途によって多方面に売り捌く。

交渉は店側の仕事だが、加代はそれらを見つけることを仕事としていた。

市中を散策して明樽を探すその仕事が加代には合っていて、店のなかでじっとしているよりは外で活動するのが楽しくてならない。

加代には同輩のお由という相棒がいて、年はおなじ十八で、二人の仲は気が合って良好だ。お由もおなじ武州の出である。

その日は竪川を渡って本所へ入り、吉岡町の御用屋敷近くで昼となった。御家人の小屋敷がひしめいているが、ひっそりとして人通りは少ない。二人並んで手弁当を広げる。握り飯二個ずつは出しなに加代がこさえたものだ。二人して竹筒の茶を飲み、飯を頬張る。

「ねっ、加代ちゃん、今度休みが出たら奥山へ行かない？　見世物小屋で手妻をやってる人が人気者でいい男なんだって」

「あんまり気が向かないわねえ。芸人なんぞに惚れちゃいけないって、番頭さんが言ってたもの」

「そんなお固いこと言ってるからいけないのよ。もっと人生は楽しむものじゃない」

「楽しみ方はほかにいくらもあるわよ」

「たとえば？」

「すぐには思いつかないけど、あたし、男衆には興味がないのね」

「なんだ、つまらない」

加代は他愛もない会話を打ち切るようにして、

「あたし、今日はもう帰るわ。店で読み書きの稽古をしたいの」

「そう、じゃ帰ろうか」

飯を食い終え、共にごくりと茶を飲むと、二人は帰り支度を始めた。

「あ、そうだ、さっき通り過ぎた酒問屋があったわよね」

「うん、結構大きな店だった」

「もう一遍そこを通って様子を見てみたい」

加代は最前通り過ぎた一軒の商家が気になっていた。

それで入江町にある三州屋という酒問屋まで二人して戻った。広い裏庭に幾つもの蔵があり、かならず明樽があると踏んだのだ。

三州屋の長い黒板塀を通って行き、裏庭が見える所まで来た。

その時、何人かの男の怒鳴るような声が聞こえ、騒然とした雰囲気が伝わってきた。

二人は何事かと見交わす。何やら怖ろしいことでも起こっているような気がした。

逃げて来る足音がこっちへ近づいて来たので、とっさに二人は物陰に飛び込んだ。

数人の男が姿を現し、乱暴に争い始めた。

「嫌っ、行こうよ、加代ちゃん」

お由が危険を感じて耳許で囁く。

加代は「うん」と生返事をするも、立ち去ろうとはせず、お由と抱き合うような恰好で動かないでいる。

　一人の弁慶縞の着物を着た若い男をめぐって三人が争い、ぶつかり合い、揉み合い、無数の足が入り乱れている。そのうち、若い男が「うっ」と呻き声を上げ、身を屈めた。腹を刃物で刺されたようだ。

　慄然として叫びそうになるお由の口を、加代がすばやく手で塞いだ。二人して震えがきた。

　やがて三人の男は疵ついた男を囲むようにして辺りを窺い、強引に連れ去って行った。

「加代ちゃん、帰ろう」

「あんたは先に帰って。あたしは見届ける」

「何言ってるの、あんな争いに関わり合っちゃ駄目よ。見つかったらどんな目に遭うか知れないわ」

「大丈夫、うまくやるから。さあ、帰って。お店の人たちにはこのこと内緒よ」

　お由の躰を押して無理に行かせ、加代は男たちを追って行った。自分でも何をしているのかわからなかった。格別争いごとが好きなわけではないが、悶着に遭遇すると放っておけなくなる性分だった。

男三人は疵ついた若い男を横川の河岸まで連れて来ると、辺りに人影がないのを確かめておき、さらに若い男を三人は匕首で刺しまくった。若い男は必死で逃げるようにあがいていたが、大きな音を立てて川へ落ちた。

加代の口から小さな悲鳴が漏れた。

三人のうちの一人がその声を聞き咎め、鋭くこっちを見た。

逃げ去る加代の後ろ姿があった。

六

慌てふためいて翁屋へ帰り着いた加代は女中部屋に閉じ籠もり、お由を呼んで事のあらましを語った。

「ええっ、あの若い人殺されたの」

怯えた表情で言うお由の口を、加代は塞ぐようにして、

「あれから何度も刺されて横川に突き落とされたわ。生きているとは思えない。いい、誰にも言っちゃ駄目よ。このことはあたしとあんたの秘密にするの」

「そうはゆかないわ、人が一人殺されたんでしょ。お上へ届けなくちゃいけないわ」

「仕返しされるわよ、そんなことしたら。二人して命を狙われたらどうするの」

「ちょっと待って、あたしは先に帰ったから連中に見られちゃいないわ。あんただけどっかに身を隠せばいいのよ」

「お由ちゃん、あたしとあんたは一蓮托生なの。どんな時でも一緒でなきゃいけないわ」

「待って、あたしが帰ろうって言ったらあんたは追ってったじゃない。あそこでやめとけばよかったのよ」

「今さら何を言っても遅いのよ。明日からしばらく明樽窺いはやめにする」

「う、うん、そうね。それがいいわ。あたしも出ないようにする。でも番頭さんが承知してくれるかしら」

「二人して躰の具合が悪いことにすればいいじゃない、それしかないわよ」

　廊下を来る足音がして、中年の番頭伊之助が顔を覗かせた。

「おまえたちにお客さんだよ」

　加代とお由はギョッとして見交わし、

「お客さん？　誰、番頭さん」

　二人に客などいるはずはない。

「知らないね、誰だかなんて」

「どんな人ですか、番頭さん」

加代が怖々聞いた。

「人相があまりよくない連中だよ、どこで知り合ったんだい。あんなのにうろつかれちゃ困るよ」

それを聞いて加代は血相変え、お由と共に店の方へ出て行った。二人して物陰から覗き見る。

若い男を刺した三人が、大胆にも店土間でうろついていた。素性はわからないが人殺しの犯科人たちなのだ。手代たちが遠くからうろんげに三人を見ている。

「あいつらよ、お由ちゃん。どうしてここがわかったのかしら、きっと気づかれていたんだわ。困った、どうしよう」

「逃げないと殺されちゃうわ、加代ちゃん」

「そんなこと真っ平御免よ」

二人が身をひるがえして奥へ向かうと、それを見ていた伊之助が追いかけて来て、

「どうして逃げるんだね、あいつらに何かしたのかね」

本当のことを言うふんぎりがつかず、加代はとっさの機転で答える。

「道でばったり出くわして、大きな声であの人たちの悪口を言ってしまったんです。それで追いかけて文句を言いに来たんだと思います。助けて下さい、番頭さん」

「番頭さん、お願いします」

お由も懸命に伊之助に手を合わせた。

七

直次郎の主家萩尾藩の江戸藩邸は、神田佐久間町にあった。

一万五千石の弱小藩であるがゆえ、そこが上屋敷であり、中、下屋敷はない。敷地は二千坪弱だ。

江戸家老は恩田忠兵衛といい、六十に手が届く温厚篤実な人物だ。藩邸には五十人ほどの家臣や女たちが詰めているが、大藩ではないから多忙のはずもなく、日常は長閑だ。家臣団は国表の信濃からの出張りで、女たちは江戸の現地採用である。参覲交替がある時は藩邸の人数も膨れ上がり、その時だけ恩田は大忙しとなるも、済めばまた元に戻る。

二十半ばの直次郎から見れば恩田は父親のようなものだから、困ったことや調べものがある時など、それに活計の金が不如意になったりすると融通して貰うことにしている。恩田もまたそれを喜び、直次郎のためならなんでもしてくれる。

萩尾藩の藩主が直次郎から青山彦馬に代っても、恩田の頭のなかではやはり直次郎は殿なのだ。

武家暮らしを嫌って江戸で気ままにやっている直次郎を、初めのうちはなんとか思い直させようとしたものの、それが無駄とわかるや、今では直次郎の江戸暮らしを支援する気持ちになっている。

むろん直次郎が怪盗黒猫であることなど、恩田は夢にも知らない。

こたび直次郎は恩田に文を送り、あることの調べを頼んでいた。

その日の昼下り、直次郎はいつもとは場所を変え、不忍池の畔にある茶亭で恩田と会っていた。小部屋に通され、宇治のお茶と白玉善哉を二人して楽しむ。

不忍池は静謐に満ち、木の葉の落ちる音さえ大きく聞こえる。

「若、お変わりはござりませぬかな、少しおやつれになられたようにも見受けられまするが」

直次郎のことを矯めつ眇めつ見ながら、恩田は言う。

「そんなことはない、至極元気だから安心致せ。忠兵衛の方こそどうだ、息災かな」

町場とは違い、恩田と会っていると直次郎は自然と武家言葉になっている。

「はい、お蔭様で」

「それは何より。では早速だが頼んだことを聞かせてくれ」

「金の延べ棒十本が紛失した件など、幕閣の誰の口の端にも上っておりませぬ。恐らくご老中様が口止めをしているのではないかと」

「やはりそうか。いくら騒いでも延べ棒が出てこぬ限り、無駄なことだからな」

「恐らくひそかに目付方が動いているものと思われまする」

「しかし佐渡奉行殿は腹を召してしまわれたのだ。不審を持つ者がいるはずではないか」

「奉行殿は急病にて死したものと、そういうことになっておりまする」

想定した通りの答えが返ってきて、直次郎は胸の塞がれる思いになる。しかしそれで佐渡奉行の死と延べ棒の紛失が、幕閣でどのように捉えられているかがわかった。対外的には、あくまで事実は伏せているのだ。

恩田が遠慮がちに苦言を呈する。

「若がどのようにしてこの件に関わり合ったのか、あえてお聞き致しませぬ。されどこれは由々しき事態、尋常ならざる事件でござりまするぞ。危ないことにはお手を出さぬ方がよろしいかと」

「よせ、忠兵衛、臭いものに蓋(ふた)、事なかれはもっともおれが嫌いとするところだ。謎が持ち上がれば首を突っ込む。それの何が悪い。おれの気性はよくわかっているはずだぞ」

「ははっ」

直次郎はちょっと言い過ぎたと思い、

「有難う、忠兵衛」

その言葉に、恩田はそれ以上何も言わずに平伏した。

八

その日の夜である。

静寂(せいじゃく)を破って、佐渡奉行河合家では時ならぬ騒ぎが持ち上がっていた。

奥の院で奥方が主の後を追って自害しようとしたのだが、家人(かじん)に見つかってすんでのところで未遂に終わった。それを知った老女松前が悲嘆して奥方を叱責した。元より奥方は気の弱い気性で、松前は気丈夫だった。

その松前の甲高い声が響き渡り、家人たちは尋常でいられなくなった。

奥方は猫いらずを服毒してもがき苦しみ、松前が奥方に覆い被さるようにして口中に手を突っ込んで無理矢理毒を吐瀉させた。毒の量が少なかったらしく、死には至らなかったのが幸いだった。医者が呼ばれて来る間、松前の命で何人かの女たちが奥方の見張りについた。

一室で老年の用人吉田典膳と家臣数人が不安を抱えて待っていると、事なきを得た松前が静かに入って来た。後れ毛が乱れ、顔も青白い。

松前は溜息をついて一同を見やり、

「奥様は先々を案じて希みが失せ、自害を考えたようです。ご医師殿が見えられて手当てを施され、今はどうにか落ち着いておられます。皆様、ひとまず安心を」

吉田たちの間に安堵が広がる。

「奥様のお気持ちもわからぬわけではありませぬが、今ここで死なれでもしたら一大事。一子新吾殿の跡目相続もままならぬことに」

「松前殿、ようやってくれた。わしからも礼を申すぞ」

吉田が言って頭を下げ、家臣たちもそれに倣った。

「して、今後はどうする」

吉田が松前に問うた。

「明日、わたくしがご老中様にお会い致し、御家存続の儀を願う所存。ご老中様は殿とは以前からご昵懇でしたから、恐らく聞き入れて下さるものと」

「松前殿、わしも同道致す。共に当家のおんためじゃ」

「はい」

松前は吉田へ確とうなずき、

「それよりご用人殿、金の延べ棒十本についての探索、その後どうなっておりまするか」

吉田は苦しい顔になり、

「八方手を尽くしておるが、なかなか思うようには……いったい何者が延べ棒を盗んだものか」

その時、廊下に気配を感じた松前が躰の向きを変えて、

「誰じゃ」

恐る恐る襖が開けられ、そこにおむらが神妙に平伏していた。

「どうした、おむら」

松前の問いに、おむらは答える。

「は、はい、実はわたくしの伜が急な病いに罹りまして、すぐに来て欲しいと申すものですから。このような時にどうしたものかと」

「おう、それはよくないの。早速行ってやるがよい。その方の伜与吉には当家としてもこたびの道中で骨を折らせた。ゆるりと休むがよいぞ」

「勿体ないお言葉を」

「構わん、参れ」

深く一礼し、おむらが礼を述べて去った。

それらの一部始終を、天井裏から直次郎が覗いていた。

(ご老女様や家来たちは問題はなさそうだ。けどちょいと気になるじゃねえか、おむらって女中頭は)

おむらが屋敷の裏門から急ぎ出て来ると、男数人の影が闇のなかから湧き立つようにして現れ、おむらを取り囲んだ。

見知らぬ男たちをおむらは不審に見て、

「おまえ様方はどなたですか」

「おむらさん、おめえさんの伜は与吉ってんだな。それに間違いねえな」

年嵩の男が言った。

「ええ、そうですよ。与吉が何か？　たった今急な文がきて、病気と聞いて会いに行くところですけど」

「すまねえ、その文を出した張本人はおれなんだ」

「なんですって」

　おむらの顔色が変わった。

「こういう者なのさ、おれたちゃ」

　年嵩が言って、ふところから十手を出して見せた。

「おいら、本所一帯を仕切ってる横川の勘兵衛ってんだ」

　おむらは表情を引き締め、

「伜が何かやらかしたんですか」

　すぐには勘兵衛は答えず、つづけて、

「佐渡奉行河合様のお供をして、与吉はお金道中につき合ったんだよな」

「はい、人足に欠員ができまして、急拵えでしたけど金を運ぶ人足仕事を言いつかったのです」

「うん、その辺の事情は周りの人たちから聞いたよ」

「無事に帰って来て、今は割下水の長屋にいるはずですけど」

「もう長屋にゃいねえぜ」

「えっ」

「与吉は殺されたんだ」

目を落として、勘兵衛が言った。

九

与吉の無残な遺骸は、入江町の自身番に安置されていた。番屋では障りがあるので、裏の炭小屋の土間に置かれ、筵を被せられている。

横川の勘兵衛がおむらを伴い、提灯の灯を照らしながら入って来た。下っ引きたちは外で屯する。

それらの死角に、直次郎は潜んでいた。

おむらは筵を剝ぎ、与吉を見て「ああっ、与吉」と叫んで烈しく取り乱した。与吉の弁慶縞の小袖が、血と川水にぐっしょり濡れて重くなっている。

「お、おまえ、どうしてこんなことに」

おむらが泣き叫び、遺骸を揺さぶった。

「昨日何者かに刺されてな、横川に投げ込まれたようなんだ。素性がわからなくって最初は難儀をしたが、下っ引きの一人が知っていたのさ。以前に賭場（とば）で挙げられたことがあるそうじゃねえか。与吉は米の仲買の手伝いをしていたらしいが、博奕好きが祟（たた）ってろくに仕事もしてなかったとか」

「ええ、まあ……」

「おっ母さんのおめえはれっきとした旗本家で女中頭までやってるってのに、伜はとんだ不身持（ふみもち）だなあ」

おむらは手拭いで泪（なみだ）を拭い、嗚咽（おえつ）しながら何度もうなずいて、

「そうなんです、与吉はあたしの悩みの種だったんです。いい年をして嫁も貰わず、仲買の仕事も途中から放り出す始末でした。お屋敷から暇を貰い、長屋へ与吉に会いに行っては、その度（たび）にあたしとよく諍いを繰り返しておりました」

そこでひと息つき、

「それがこたびうちのお殿様がお声を掛けて下さり、佐渡からのお金道中に加えて貰えたんです。伜も今度はちゃんとやるとあたしに約束してくれて、無事に仕事を終えて戻って来たんですけど……」

そこでおむらの言葉が途切れた。

「けど、どうしたい」

　おむらは黙り込む。

「おむらさん、なんでも包み隠さず言ってくれねえと困るぜ」

「その後の伜の様子がおかしくなっちまったんです。また元のいい加減な人間に戻っちまったみたいな、いえ、もっと悪くなったようにあたしには感じられました」

「よくわからねえな。お奉行様の仕事で何かあったのかい」

「さあ、仕事に関してはあたしはよくは知りません。ともかく金の延べ棒を運ぶという大層な仕事で、伜の役目は佐渡へは行かず、越後の出雲崎まで行ってご一行様を迎え、北国街道を江戸へ荷を運ぶ人足仕事だと聞いておりました」

　八百本の延べ棒のうち、十本が抜き取られたことは御家の恥だから、外聞を憚っておむらは言わない。

「帰って来たての頃は、皆さんと道中うまくやれて、そりゃ楽しかったと言ってたんですが」

「それがどうしておかしくなったんだ」

「伜は一日幾らの賃仕事で請け負ったんですけど、江戸に帰って間もなく小判を何枚も持っていたんです。あたしがびっくりして誰に貰ったのかと聞いても、伜は白状しませんでした。それでまた言い合いになって」

勘兵衛は解(げ)せない顔になりながら、

「なんか裏のありそうな話だな。けどそれが殺された原因だとしたら、こっちにゃ手が出せねえよなあ」

「親分さん、伜を手に掛けたのはどんな連中なんです。見出(みいだ)し人（目撃者）はいるんですか」

必死の形相でおむらは聞く。

「いや、今ンところ見出し人はいねえんだ。こいつぁよ、あんまりほじくらねえ方がいいのかも知れねえな」

「このこと、御家の方にはなんと言ったら」

「何も言わねえ方がよかねえか。主家に余計なしんぺえをかけることたねえやな」

下っ引きたちが屯する外とは別に、小屋の裏手で直次郎はすべてを耳に入れていた。

それが尋常ならざる顔になるや、風のように消え去ったのである。

十

翌日、昼前の永代橋（えいたいばし）で深川寄りから走って来た直次郎と、日本橋（にほんばし）側から来たお夏とが橋の真ん中で出くわした。

「よっ、なんかわかったかい」

直次郎は昨夜のうちに、お夏に頼みごとをしていた。それはお金道中にしたがった人足たちを割り出すことだった。

「わかったわよ、直さん」

お夏が帯の間に挟んだ紙片を取り出し、それに目を通しながら、

「人足仕事といってもそこいらのと違って、お金道中となるとしっかりした身許（みもと）を問われるのよ。だからはなっから武家奉公人を専門に扱ってる口入れ屋へ行ってみたのね。大したもんでしょ、あたしの狙いは」

「前置きが長（なげ）えな、わかったことだけ言ってくんな」

「チッ、偉そうに」

「早く、その先だよ」

「お金道中に雇われた人足は八人いたわ。そのうち六人は通（とおり）一丁目のれっきとした口入れ屋讃岐屋（さぬきや）の手配りで、それが出立（しゅったつ）の数日前に二人行けなくなって、河合家のご用人様が泡を食って巷（ちまた）で調達したの。その二人が与吉と常吉（つねきち）よ。与吉はおむらさんの伜、常吉はふだんは車力（しゃりき）をやってる男だとか」

「行けなくなった二人ってのはどんな事情なんだ」

「一人は急な病いで、もう一人は子供の怪我だって。でもその二人を怪しむことはないと思う。讃岐屋には長く出入りしていて、武家奉公にも馴れた身許の固い人たちよ。そりゃあね、出立間近で行けなくなるなんてちょっと臭いようにも思えるけど、あたしは信じてやってもいいと思うわ」

「わかった、今から常吉ってのに会ってくらあ」

「おむらさんの伜さんは本当に殺されちまったの？」

「ああ、与吉にゃ何か秘密があったんだろうが、口封じをされちまったらしょうがねえやな」

「それで小判を何枚か貰っていたのね」

「黒幕がいるんだろうぜ」

「あたしはこれからどうしたらいい。与吉の身の周りを調べてみる？」

「それより今は与吉殺しの見出し人を見つけてくれねえかな。それが一番だろ。刺されて横川に投げ込まれたんだから、誰かがかならず見てるはずなんだ」

「わかった、やってみる」

お夏が直次郎に紙片を見せて、常吉の住処の書かれたそれを指し示した。

直次郎は勢いよく行きかけ、

「お夏、つくづく頼りになるな、おめえって奴ぁ」

「何言ってるのよ、いつだってそうじゃないのさ、忘れたの」

お夏がそう言った時には、もう直次郎の姿はなかった。

十一

直次郎は常吉の長屋へやって来たが、不在であった。住人に心当たりを聞き出し、東両国回向院へ突っ走った。

筵で囲ったなかで、野天博奕が行われていて、四、五人のうす汚れた男たちが血道を上げている。

直次郎はそばにいた男に常吉の名を告げて聞き込むと、一人を指され、寄って行った。

「車力の常吉さんだね」

「誰でえ、おめえさんは」

警戒の目になる常吉に、直次郎は二朱(にしゅ)ばかりの銭をつかませ、

「負けが込んでるようじゃねえか」

常吉がにやっと笑い、

「施してくれんのかい」

「ちょいと聞きてえことがあってな」

「ふうん、じゃそこで待っててくれねえか。これから大勝ちするからよ」

そう言い置き、常吉は直次郎に背を向けて博奕に没頭する。

車力とは大八車などに重い荷を積み、運搬を専門とする力仕事で、常吉は逞(たくま)しい躰に顔を真っ黒に日焼けさせた中年男だ。

やがて直次郎から施して貰った銭もすべて巻き上げられ、常吉は直次郎をうながして筵の外へ出た。

「今日はツキがねえみてえだ」

常吉が力の抜けた声で言う。

「そう気落ちしなさんな、そのうちいい目を見るよ」

「何を聞きに来たんでぇ」

「おめえさん、先だって佐渡奉行様にくっついて、お金道中のお供をしたらしいな」

「ああ、そのことか。急に狩りだされてよ、越後まで行って来たぜ」

「その一行のなかに与吉って男がいたろ」

常吉がうなずき、

「奴とは意気が通じて、行く先々の宿で毎晩酒をくらったよ。いくら飲んでもお奉行様が面倒見てくれるんだ。いい思いをしたぜ」

「金の延べ棒を運ぶ道中って聞いたんだが、途中おかしなことはなかったかい」

「おかしなことだと？」

「ああ」

常吉は不審な目で直次郎を見ると、

「おめえ、いってえ何者なんでえ。妙なことほじくるとろくなことがねえぞ。わかってんのか」

「安心してくんな。おめえさんにどうこう言うつもりはねえんだ」

「だったら、なんだってそんなことを」

直次郎はふところをそっと叩き、

「この鉄の棒がよ、聞きたがってるのさ」

十手があるように見せかけ、鎌をかけてみた。

「ゲッ、そっちかよ」

常吉は急に態度を改め、

「へい、道中でおかしなことはこれっぽっちもござんせんでした」

「本当だな」

「そりゃあね、運ぶものがものだけにみんなどっかでピリピリしておりやしたよ。けど延べ棒をどうにかしようなんて奴は一人もおりやせんでしたぜ。それははっきり言えまさ」

「与吉とはどこで別れた」

「お奉行様のお屋敷にけえって、無事に荷を下ろしたところでおさらばンなったんで。その後帰り道に与吉といっぺえひっかけて、それでチョンでさ」

「与吉に変わったところは」

「いいや、まったく」

そう言ってすぐ、宙に目をやり、

「あ、そういやぁ……」

何かを思い出したのか、常吉がポンと手を打った。

「どうしたい」

「江戸での別れしな、酒の店にへえって、出る時、奴にご馳ンなったんだ」

直次郎がキラッと目を光らせ、

「気前がいいんだな」

「いや、それまでの道中じゃおたげえ金のねえことをぼやいておりやしたから。奴がどうして急に金持ちになったのか、不思議だったんで」

「道中を一緒だったなかに、与吉に金をくれそうな人がいたってことかい、常吉さん」

「へえ、まあ、そうとしか」

「さむれえは何人いた」

「皆さんお奉行様の家来で、えーと、組頭が二人、広間役が七、八人、そのほか定役とか並役、使役なんぞと結構な人数で、どなたもいい人ばかりでしたぜ」

「宰領頭（さいりようがしら）はお奉行なんだな」

常吉がうなずき、

「お奉行はともかく、どう考えてもほかに金を持っていそうな人はいなかったけどなあ」

直次郎は苦悶するようにしていたが、やがて決断し、

「それじゃ明かすぜ、常吉さん」

「へ、へい」

「与吉さんは何者かの手に掛かって殺されちまったんだよ」

「ゲッ、そ、そんなことが……」

常吉が仰天する。

「いいかい、手掛かりが欲しいんだよ、常吉さん。さむれえのなかにこれぞというような怪しい人はいねえかい」

迷うように目を泳がせている常吉に、直次郎はすばやく一分金を握らせた。

「これで思い出せるかな」

「へい、たった今思い出しやした」

常吉が不敵な笑みを浮かべた。

十二

パチ、パチ、パチ……。

遠くで何かの爆ぜる音に、加代は目を覚ました。

翁屋の女中部屋では、他に何人かの女中たちが深い眠りに就いている。

暗がりを見廻す加代は、ふとある不審を持った。隣りに寝ているはずのお由の布団が空なのだ。

(厠かしら……)

爆ぜる音が大きくなってきた。

加代は廊下の方を見て、ギョッとなった。

赤い炎がメラメラと燃えていた。

「火事よ」

大声を挙げて女中たちを叩き起こし、加代は障子を開け放った。火はすぐ近くまできて燃え盛っている。寝惚け眼で起きた女中たちが泣き叫び、大騒ぎを始めた。

加代は部屋を飛び出し、さらに大声で、

「旦那さん、番頭さん」

皆を呼びまくった。

あちこちから騒ぐ声が聞こえ、伊之助や手代たちが右往左往を始め、金切り声や怒鳴る声が飛び交った。

「お由ちゃん、どこ」

お由を探し、血眼で駆けずり廻った。

店土間まで来てハッとなった。

お由が血まみれで倒れ伏していた。

「お由ちゃん」

加代が抱き起こした。

瀕死のお由はまだ息があって、

「逃げて、加代ちゃん。あいつらが来たわ。あたしたちを狙って押し込んで来たのよ。まだそこいらにいるわよ」

加代は慄然となって見廻した。

紅蓮の炎の向こうに、あの三人組の影が蠢いていた。

「お由ちゃん、一緒に」

「あたし、もういけない。廊下であいつらに見つかって刺されたの」

「そんな、嫌よ、お由ちゃん」

お由を連れて行こうとする加代の腕のなかで、お由は不意にこと切れた。

「お由ちゃん」

三人組が炎を跨いでこっちへ来ようとしていた。

加代は突っ走った。黒煙を吸い込み、何度も烈しくむせ返りながら必死で逃げた。

三人が猛然と加代を追った。その手には匕首が光っていた。


その夜、お夏は見出し人の捜索に、深川菊川町まで来ていた。そうして時ならずして翁屋の火災を知った。

夜空に炎が上がり、半鐘が狂ったように鳴らされ、大勢の人が騒いでいる。

お夏は走った。

人の群れを掻き分け、翁屋の近くへ辿り着いた。消火を手伝うつもりだった。そこで野次馬の間を縫って走る加代を見て、気になる目を走らせた。加代の後を匕首を持った三人の男が追っているのが見えた。

(何、なんなの、これは只ごっちゃない)

一方、加代は無我夢中で路地に入り込み、こけつまろびつひた走った。

無情な三人の足音が迫って来る。

袋小路に追い詰められた。

（もう駄目、逃げられない）

加代は観念した。

その時、横合いから先廻りしたお夏が、ものも言わずに加代をかっさらった。さらに路地奥へ二人して逃げ込んだ。

十三

「どうしてあんな人たちが野放しになってるんですか、教えて下さい」

加代が抗議の叫び声を挙げ、お夏に取り縋った。

お夏に助けられ、二人して夜道を走り、黒江町の阿弥陀長屋のお夏の家に来ていた。

道々、加代の身分や恐ろしい事情をかい摘んで聞き出し、お夏は身を引き締めた。

「加代さんていったわね、落ち着いて」

「落ち着いてなんかいられません。あの三人の男たちは、あたしとお由ちゃんを亡き者にするつもりで火付けをしたんです。お由ちゃんは間に合わずに殺されたんですよ、可哀相過ぎませんか」

「ちょっと待って」

お夏は台所へ行って甕の水を柄杓に汲み、それごと加代のそばへ持って来て、

「さっ、これ飲んで」

「あ、有難うございます」

加代はごくごくと喉を鳴らして柄杓で水を飲み、昂った目はそのままにお夏を見据え、

「あたし、この目で見たんです。三人が若い男の人を刺し殺すのを。それを知られたくない奴らはあたしとお由ちゃんをつけ狙い始めたんです。でも番頭さんに人殺しを明かすのにはためらいがあって、もう少し様子を見ようとお由ちゃんと相談して、躰の具合がよくないと偽って明樽窺いもやめていたんです。お由ちゃんと二人で店に閉じ籠もって、息を殺していました。なのに……」

加代は息を詰まらせ、嗚咽を始めた。

お夏の胸の内は昂っていた。

与吉殺しの見出し人が、向こうから飛び込んできたような気がした。なぜ与吉は殺

されたのか。お金道中に同行したことがきっかけで、与吉は事件に巻き込まれた。悪事を囁いた輩が一行のなかにいたのに違いない。それがわかればこの事件の謎は解け、延べ棒の行方も知れるのだ。

油障子にぶち当たるようにして、政吉が入って来た。

「おい、火事だぞ」

と言ってすぐ、加代を見て来客と思い、

「おっと、こいつぁすまねえ」

「政吉さん、火はどうなの？　収まった」

お夏が問うた。

「もうでえ丈夫、なんとか消し止められたみてえだ」

加代を憚（はばか）って、政吉は出て行った。

お夏は加代を正視して、

「念のために聞くけど、あんたは菊川町にある明樽問屋翁屋の女中さんで、奉公に上がって二年ばかり、江戸の町が楽しくなってきたところなのよね」

「そうです、あんな人殺しなんか見なかったら、毎日がとっても楽しかったんです。お夏さん、あたしのお店はどうなるんですか」

「今の人の話だと火はどうにか消し止められたっていうから、今晩はここに泊まって、明日二人で見に行こう」

「すみません、見ず知らずのあたしなのにいいんですか」

「もちろんよ。あんた、お腹空いてない」

「あ、そういえば……」

加代の腹がぐうっと鳴った。

お夏はすぐに支度し、残り物をなんとか盛り合わせて夜食をこさえ、加代に出した。

それを食べながらお由のことを思い出したのか、加代はまたひとしきり泣きだしたのである。

第二章　危険な女

一

与力、同心といえば町方、奉行所役人と相場は決まっているが、さにあらずして、それらはあくまで職名であり、他の職司にも属吏として配属されている。

すなわち江戸幕閣にあっては、留守居、大御番頭、書院番頭、西の丸御書院番頭、旗奉行、西の丸旗奉行、鉄砲百人組頭、持弓頭、定火消役、先手鉄砲頭、火附盗賊改め方、さらに地方にあっては京都所司代、禁裡付、京都町奉行、大坂定番、大坂町奉行、堺奉行、奈良奉行、伏見奉行、駿府城代、長崎奉行、浦賀奉行、甲府勤番支配等々、そして佐渡奉行である。

幕府がその職封として与力や同心に支払う石高は、総高一万石にも及ぶという。むろん彼らの支えがなくては、幕閣が成り立ぬことは自明の理だ。

江頭三千蔵は佐渡奉行河合源左衛門の属吏として、半年前に配属された。その前は火盗改め方同心として犯科人の追捕を行っていたのだが、失策を冒し、お役御免となった。そのため佐渡奉行配下へ配置替えされたのだ。年は三十で血気盛んであったが、失策によって江頭は挫折した。

ゆえに鬱勃たる思いに封をして、爾来、江頭は無気力に生きるようになったようだ。

お金道中の一行でひっかかる奴はいないかと直次郎に問われた車力の常吉が、ひそかに明かしたのがこの江頭三千蔵であった。

「江頭さんはね、どっか腐ってるんでさ」

「腐ってるとは妙な言い草だな」

「明日に希みがなくって、何事もどうでもいいやって感じのお人でしてね、何考えてるのかもさっぱりわからねえ。人目がねえとこで延べ棒を蹴っ飛ばしておりやしたよ」

「腹立ち紛れというやつか」

「元が火盗改めでやんすから、佐渡奉行の仕事なんざおかしくてできねえんでしょうね」

「そんなものかな」

「それじゃいけねえことはわかってる。なのにあの人ときたら不貞腐れてやがるんでさ」

「火盗改めにいた時の失策とはなんだ」

「取り逃がしちまったんですよ」

「誰を」

「烏天狗でさ」

「なんだ、それは」

「あれ、十手持ちのくせして烏天狗を知らねえんですかい」

「いや、それはだな……」

知らないから、直次郎は目を泳がせる。

「誰も顔を見てねえから、どんな野郎かもわからねえ一匹狼の盗っ人なんですよ。こいつが滅法強くてすばしっこくて、並の役人じゃ歯が立たねえ。江頭さんは運悪くばったり出くわしちまって、叩きのめされた揚句、おまけに火盗の十手まで奪われちまったんで」

「それでお役御免か」

「そりゃそうでがすよ、天下の火盗改めの面目丸潰れじゃねえですか」

「そうだろうな」

「町方のと違って火盗の長十手となると、裏渡世じゃ高値がつくらしいんで。江頭さんとしちゃ何がなんでも取り返したかったんでしょうがね、十手が戻らねえまんまお役替えにされちまったんでさ」

　江頭の住居は町方同心とは違い、八丁堀ではなく、浅草永住町の法泉寺界隈に屋敷を与えられていた。一帯は他組の同心らが大挙して住む集合住宅、すなわち大縄地だ。

　江頭の屋敷は五十坪ほどで、妻千景と男の子二人がいる。おなじ俸禄の三十俵二人扶持でも町方と違い、商家などからの付け届けがないから暮らしは楽ではないはずだ。崩れ落ちて煤けた土塀越しに母屋を眺め、裏庭に小さな土蔵のあるのが目に止まった。

　直次郎の胸がざわつく。

（まさかとは思うが、調べてみるか）

　そこに金の延べ棒さえあれば、この件は幕引きとなる。

家人の目を盗んで忍び込むしかないので、近くに潜んで機会を窺った。江頭が出仕して行くのは見ているから、屋敷には千景と子供たちだけだ。その子供たちもついさっき昌平坂学問所へ揃って出掛けたので、後は千景がいるだけである。貧乏御家人ゆえに使用人などを置いているはずもないので、屋敷内はひっそりとしている。

やがて裏木戸の開く音がして、千景が出て来た。化粧っけはなく、地味で目立たない女だが豊満な躰つきをしている。近くへの買い出しか、普段着で足早に去って行った。

直次郎は裏門から内部へこっそりと侵入した。さして広くもない庭を突っ切って、土蔵へ辿り着く。

こんな時のために、直次郎もお夏も錠前を開けるかぎ棒を持っていた。

直次郎はふところからそれを取り出して扉を開け、音を忍ばせて土蔵内へ忍び込んだ。

真っ暗なので暫し目を馴らしておき、蜘蛛の巣だらけの内部の探索を始めた。武具や長持、葛籠のなかを引っ掻き廻すも、延べ棒などはない。武具といっても貧弱なものばかりで、威勢を張っている旗本のような立派さはない。

無駄であったかと臍(ほぞ)を噛む。なんの証拠もないのだが、直次郎は十中八九江頭を下(げ)手人(しゅにん)の一味と疑っていた。延べ棒はどこか別の場所に隠してあると睨んだ。

引き上げようとした直次郎が、鋭く反応した。

草履(ぞうり)の音が土蔵へ近づいて来たのだ。千景が帰って来たのに違いない。

とっさに土蔵の奥へと逃げ、そこに身を潜めた。

すると千景が若い町人の男と手をつないで入って来た。買い出しではなく、男を呼びに行ったのだ。男は商家手代で磯吉(いそきち)という。

（参ったな）

直次郎は胸の内で切歯(せっし)した。他人の色事などに興味はない。

衣擦(きぬず)れの音がしたかと思うと、千景は帯を弛(ゆる)めて前を開き、白い四肢を晒(さら)して磯吉に身を委ねた。

「いいんですか、御新造様。あたくしは怖くてなりません」

磯吉が声を震わせて言う。

千景は夢見るような声で、

「何が怖いのかえ、怖れることなど何もないのに」

「こちらの旦那様は直心影流(じきしんかげりゅう)のお腕前だそうじゃありませんか。御新造様とのことが発覚したらぶった斬られちまいます」

江頭が直心影流なら、直次郎とは同門の士ということになる。

「心配は無用におし。あの人にそんな度胸なんてあるものか」

「でも、でも御新造様」

「ああっ、もっと強く抱いて」

磯吉が烈しく突いて、千景は喘ぐ。

直次郎は四つん這いになって戸口へ向かった。千景が息を荒くしてよがり始めた。

それには一瞥も与えず、直次郎はするりと扉から外へ出た。

二

翁屋の火事は半焼で食い止められ、家人たちは後始末に追われていた。土蔵はほとんど焼け落ち、なかにあった明樽類は焼失した。

主夫婦は寝込んでしまい、番頭の伊之助が采配を振って皆を鼓舞している。死者はお由だけで、これは焼死したのではないから、如何ともし難い。

焼け残った小部屋で、お夏は加代、伊之助と向き合っていた。

伊之助には、深川黒江町で長屋を営んでいる大家だと正直に明かしていた。お節介焼きがあたしの性分だとも言い添えてある。

「番頭さん、加代さんは人殺しを見ちまったために こんな目に遭ったんです。責めないで下さいね」

お夏が言うと、伊之助は困惑の体で歯切れが悪く、

「も、もちろんそんなつもりはないよ。けれどもそうは言われても、三人組の悪党が火付けをしたところは誰も見ていないんだ。確かに奴ら一度店に乗り込んで来て、加代とお由に会わせろと因縁をつけたことはあるけど、しかしそれだって……大罪を犯すような奴らが顔を晒してまでするかねえ」

「渡世の裏で生きてる連中にとっちゃ、そんなことは朝飯前じゃないんですか」

「困ったねえ、こんなことになるなんて」

伊之助は嘆くしかない。

加代がオズオズと話に入る。

「あのう、番頭さん、お上の人たちには話してくれましたか」

「ああ、話したよ、すぐにね。けどろくな調べもしないまま、三人組なんてどこにもいないと突っぱねられた」

「そんな、だって番頭さんだってあの人たちを見てるじゃありませんか」

加代が抗議する。

「わかってるよ、けどお役人方がそう言う以上は仕方がないじゃないか」

お夏が伊之助に強い目を据（す）えて、

「だったら番頭さん、今度加代さんに危害が及んだらどうするつもりなんですか。後で後悔したって始まりませんよ」

「うむむ、それを言われると……」

伊之助は困り果てている。

「加代さんの身柄、どうするんです。ここにいても明樽窺いには出れませんよね。といって、この家にずっと隠れているわけにも」

「そのことなんだが、お夏さんとやら、なんぞよい手立てはないものかね」

お夏は加代と見交わし、うなずき合って、

「それじゃ悪党どもが捕まるまでの間、あたしの所で加代さんの面倒を見ましょうか」

「ええっ、そうして貰えると願ったり叶ったりですよ」

伊之助が喜色（きしょく）を浮かべて叩頭（こうとう）した。

お夏と加代の間で話はまとまっていたのである。

三

暮れなずむ大川端で、男四人の影が蠢いていた。

吾妻橋の上は人の往来が盛んだが、河原に屯する男たちを誰も気にしてはいない。

男三人は与吉を刺し殺した破落戸たちで、名を長次、鮫三、丑松という。いずれも二十代の若造どもで、明日をも知れぬ境涯をよしとして生きる無法な連中だ。

三人と対峙しているのは三十半ばの男で、色浅黒く、どっしり腹の据わった面構えだ。これまで潜ってきた修羅場の数を物語るように、男の左の頰には深い刀疵があった。それが月代を伸ばした顔に凄味を与えている。男の名を銀蔵という。

長次が卑屈な笑みを浮かべ、

「兄貴、あっちの方はどうなってるんでがすね。あっしらもう空っ穴になっちまって、粥も啜れねえ有様なんですぜ」

大袈裟なことを言った。

銀蔵は何も言わない。

すると鮫三がぐいっと前へ出て、

「なんでもかんでも兄貴の言う通りにやってきたんだ。今度はあっしらの言うことを聞いて貰いてえなあ」

横柄な口調で言った。

銀蔵が初めて口を切り、

「呼び出したわけは金か」

丑松がへらへらと笑って揉み手をし、

「まっ、兄貴の方にもいろいろ事情はおあんなさることと思いやすがね、そこを曲げて、ちょいとばかり融通してくれやせんか」

銀蔵は押し黙っていたが、目に怒りを浮かべ、

「約束が違うな。金は事のすべてが終わった後と言ったはずだ」

長次が油断なく身構えつつ、

「百も承知の上で言ってるんですよ。兄貴のご指図通りに与吉をぶっ殺し、見出し人の娘っ子二人を追い詰めて店に火を付け、お由は眠らせた。残るは加代一人なんだが、こいつが逃げまくっていてうまくいかねえ。けどそれもこの先そんなに造作はかかるめえ。どうでがす、ここまできたんだから少しばかりお手当てを頂けやせんか」

銀蔵は無言のままで、不気味に佇立している。

三人が目を血走らせて銀蔵を取り囲み、

「あっしらを舐めて貰っちゃ困りやすぜ」

鮫三が吼えた。

三人はふところに呑んだ匕首に手を掛けている。銀蔵も匕首を忍ばせている。まさに一触即発だ。

そこへ砂利を踏む音がして、大勢の夜釣りの客が談笑しながら河原をやって来た。

銀蔵の顔からふっと殺意が消えた。ふところに手を突っ込んで財布を取り出すと、なかから小判三枚をつかみ出した。

「仕残したことはきっちりやってくれ。それが済んだら残りの金を渡す」

三人は小判を一枚ずつ手にし、それでいくらか気分がほぐれて、

「それじゃお願えしやすぜ」

長次が言って頭を下げ、鮫三と丑松もそれに倣った。

銀蔵はすでに薄暮の彼方へ去っていた。

長次は憎々しげにそっちを見やりながら、

「ケッ、いつ会っても胸糞の悪い嫌な野郎だぜ。いってえ何様のつもりなんでえ」

「まっ、そう言うな、長次。黙って言う通りにしてりゃ大金を貰えるんだ。我慢しろよ」

鮫三が言えば、丑松も同意で、

「明日にでも黒江町の阿弥陀長屋とやらへ行って、加代を襲ってやろうじゃねえか。長次よ、加代はそこに匿(かくま)われてるんだろ」

長次はうなずき、

「翁屋の小僧に小遣い銭をつかませて聞き出したんだ。嘘じゃねえよ」

四

小役人の典型だけに、江頭三千蔵は判で捺(お)したような決まりきった毎日を送っていた。

きっちり朝の五つ(午前八時)に浅草永住町の役宅を出ると、法泉寺界隈を突き抜けて神田明神近くの河合邸へ赴(おもむ)く。一旦屋敷へ入ると滅多(めった)に表には出て来ず、夕七つ(午後四時)になってお役から解放される。

河合家は総領の家督相続が認められるも、主がまだ若年ゆえ、もう一人の佐渡奉行の元へ見習い修業に行っている。亡父の跡を襲うのだから、佐渡奉行になるべき道を歩むのは当然だ。

お役から解放された後、江頭はまっすぐ役宅に帰ることはせず、浅草の盛り場をほっつき歩く。

妻の不貞を知ってか知らずか、日々遊び惚ける金がどこにあるのか、子供二人を抱える父親とは思えぬ放埒さだ。

そんな自堕落な小役人の姿を見るのは格別珍しいことではないが、それでも直次郎は嘆きの溜息をつく。ゆえに悪事に加担したのだとも思う。しかし疑いだけではいつまで経っても埒が明かないから、なんとか尻尾をつかんでやりたい。

その日も盛り場をさすらう江頭の尾行をしていた。一膳飯屋で粗末な飯を食らうも、顔見知りらしい酌婦が話しかけてきても相手にせず、江頭は無表情のままに酒を飲んでいる。

直次郎は江頭の近くで酒を飲みながら、間近で逐一江頭を観察していた。

その横顔にはどこか荒んだ翳が浮かんでいる。家庭にすんなり帰らないのは、妻の不貞を知っているのではないかと推測した。江頭という男のなかで、何かが崩壊しているのかも知れない。

その時、飯屋の表に網代笠の願人坊主が立った。人相はわからないが、それを見て直次郎は不審を抱いた。

坊主は頭から黒い布を被って垂らし、面体を隠しているのだ。江頭は坊主を見て飯代を払い、そそくさと席を立った。そうして表へ出て、先を行く坊主の後について行く。

すかさず直次郎も追った。

通りは書き入れ時だったから、人波でごった返していた。江頭と坊主は肩を並べて人波に消えようとしている。

直次郎は人を掻き分け、懸命に追う。

つかず離れず、二人の姿は見えている。

坊主が何者なのか、どうしても正体を知りたかった。夢中だったから、人にぶつかっても素知らぬ風で行きかけた。二、三人の無法者だった。一人が直次郎の肩をつかんだ。

「兄さん、挨拶はねえのかい」

「いや、すまねえ、先を急いでるもんで。勘弁してくれ」

ふりきって行きかけた直次郎が、男たちに乱暴に蹂躪された。板壁に叩きつけられる。

「何しやがる」

直次郎が怒ると、男たちは勢いづいてさらに乱暴を働く。面倒なので直次郎はすばやく動いて鉄拳を見舞った。その応酬になった。周りにいた野次馬たちが囃し立てる。

一人を地べたに這わせたところで、直次郎は猛然と逃げた。江頭と坊主の去った後を懸命に追う。

だがもうどこにも二人の姿はなかった。

「くそっ、なんてざまだ」

直次郎は切歯扼腕した。さらに諦めずに追跡をつづけると、道端でうす汚い町人体の男が道行く人に笠と衣を売りつけていた。

「よっ、買わねえか、安くしとくぜ」

男が手にした網代笠と墨染の衣は、今、目にしたばかりの願人坊主のものと思われた。

直次郎が男に飛び掛かり、責め立てる。

「おい、これをどこで手に入れた。言ってみろ」

男は直次郎の勢いに呑まれて、

「さっきここを通った坊主が脱ぎ捨ててったんだよ、おいらが脱がしたわけじゃねえぜ」

どっちへ行ったかと聞くと、男は神田川の方を指した。土手から河岸へ走り、直次郎は四方を見廻した。

銀蔵が一艘（そう）の川舟を漕ぎ、それには江頭が乗っていた。銀蔵の顔は暗くてわからない。

すでに距離があり、とても追いつけないと思ったが、それでも直次郎は河岸沿いに走って舟を追った。

舟の上ではこんな密談が交わされていた。

「銀蔵、わたしをこんな所へ連れ出してどうするつもりだ。よからぬことを考えているのではあるまいな」

江頭に言われ、銀蔵は川のなかほどで舟を停め、江頭と向き合ってどっかと座した。

「そんなことはしねえよ、元も子もねえじゃねえか。例のものが手にへえらねえうちは下へも置かねえつもりだぜ」

皮肉な口調で言った。

「手に入れたら、牙を剝くのだな。そうはさせんぞ」

「なあ、江頭さんよ、最初の取り決めじゃそうじゃなかったはずだぜ。いい加減に折り合ってくれねえか」

「わたしの方の条件は変わらんよ。あくまで折半なのだ」

「それじゃこっちは承知できねえんだよ」

「知ったことではないな」

江頭は木で鼻を括る。

「いいのかい、そんなに突っ張って。損をするのはおめえさんの方なんだ」

「延べ棒の金を手に入れたら、わたしにはやりたいことがある」

「言ってみなよ」

「隠居を決め込むのだ。侍稼業におさらばして自由気ままに生きたい」

「妻子はどうするんだ」

「家族なんぞは無用の長物だよ、ついでにおさらばするつもりだ」

「いいのかい、それで。たった一人で生きてくってか。寂しかねえか。あ、そうか、延べ棒の金で若えのでもつかめえるか」

「話は終わりだ。舟を戻してくれ」

「はン、上等だぜ」

不貞腐れて銀蔵は舟を漕ぐ。

江頭は月を照らした川面を見ている。

五

翌日の昼、阿弥陀長屋に熊蔵が中身のたっぷり入った肥桶(こえおけ)を、重そうにゆらゆら担いで入って来た。

路地にいた政吉、岳全、捨三は啞然(あぜん)とした顔になって見守った。ものがものだけに離れて遠巻きにする。

「熊蔵さん、なんだって肥桶なんぞを担いでるんだ。まさかなあ、百姓に鞍替(くらが)えでもしたってか」

素(す)っ頓狂(とんきょう)な声で政吉が言った。

男三人は肥桶からの糞尿の臭いに、揃って鼻を曲げている。蠅(はえ)の群れも飛んでいる。

熊蔵は失笑(しっしょう)しながら、

「そうじゃねえ、この長屋の裏に丁度猫の額(ひたい)ぐれえの空地があるだろ。そこの土を耕してよ、青物のひとつも作ろうかと。おれン所は日が当たらねえから向いてねえのさ」

「けどなんだってそんなことを考えた。どう見たって野良仕事はあんたにゃ向かないだろうに」

岳全が率直に言う。

「そんなことねえよ、おれぁこれでも生真面目だからな、まっとうな暮らしにゃ向いてるんだ」

政吉と岳全が声を揃えて「嘘だ」と言う。

捨三が面白がって、

「そういうことか、それで肥しをどっかから調達してきたんだな」

「おう、そうともよ。海辺新田の百姓ン所まで行ってこいつを分けて貰ったのさ。結構な銭を取られたぜ」

捨三がさらにはしゃぐようにして、

「あんたの気まぐれかも知れねえが、いいんじゃねえか。古道具なんてちっとも売れねえものなあ」

「うるせえ、おめえに言われたくねえや」

熊蔵が重い肥桶を担いで長屋の裏手へ行くのへ、政吉が「手伝うぜ」と言って、岳全と共について行った。

捨三は井戸端にしゃがみ込み、洗い物を始めた。

そこへ、長屋の路地に長次、鮫三、丑松の三人が不穏な様子でぶらりと入って来た。

気配にちらっと振り返り、捨三は見る間に色を変えた。加代を狙う三人組の話は聞いていたから、すぐにピンときた。

（奴らだ）

加代はお夏の家にいるはずだった。お夏は三人組の悪党どもを探しに町に出ていた。

「おい、おっさん、ちょいと聞きてえ」

長次に脅されるように言われ、捨三は怯えた。奴らが人殺しだと思うと、肝が冷える。

「へ、へい、なんぞ」

「この長屋に加代って娘っ子はいねえかい」

「さあて、そんな子いたかなあ」

惚けてみせると、鮫三に胸ぐらを締め上げられた。

「嘘をつきやがると只じゃ済まねえぞ」

「あっ、苦しい、乱暴はおよしンなって」

「どこの家だ、白状しろ」

長次に凄まれ、捨三は震える指先でお夏の家を教えてしまった。

三人が捨三をうっちゃり、家へ向かう。

捨三はあたふたと逃げだし、長屋の裏手の熊蔵たちのいる所へ消えた。

家のなかでは加代が台所の包丁を震える手で握りしめて突っ立ち、おのれを護ろうとしていた。すでに捨三と三人組のやりとりを耳にして、逃げるに逃げられず、土壇場に立たされた気分だった。

油障子がゆっくり開き、長次、鮫三、丑松が入って来て土間に立った。

加代は張り詰めた顔になる。

「おう、娘っ子よ、おめえの命運もこれまでだな。もう逃げられねえぜ」

長次に脅されるも、加代は必死の目で、

「あんたたち、何人殺せば気が済むの。天の神様はきっと見ているわ。諦めるのね」

声を慄（おのの）かせて言った。

「じゃかあしい」

長次が吼（ほ）えて鮫三らをうながした。

その時、戸口に熊蔵を先頭に政吉、岳全、捨三が立った。

三人がギョッとして四人を見た。

「てめえら、そこじゃなんだ、こっちへ出て来い」

熊蔵に言われ、長次らは無言で見交わし合うと、肩を怒らせてズイッと家の外に出た。

そこには肥桶が置いてあり、熊蔵たちは手に手に柄杓(ひしゃく)を持っていて、

「やい、これでも食らいやがれ」

熊蔵の怒声と同時に、柄杓で肥桶の糞尿を汲み取り、長次たちへ一斉に浴びせた。

「ひえっ」とか「うわっ」とか鮫三と丑松の悲鳴が上がり、三人は頭から汚物をぶっかけられて悶(もだ)え苦しんだ。糞や小便はむろんのこと、蛆虫(うじむし)がうようよと三人の躰を這い廻る。

「くそっ、てめえら、只じゃ済まねえぞ」

長次が悪態をつくも、途中から泣き声に変わった。そうして三人はさすがに音(ね)を上げ、空を泳ぐような恰好で木戸門からこけつまろびつ飛び出して行った。

「おい、突きとめろ」

熊蔵に言われ、捨三が「よっしゃ」と答えて追って行った。「わしもつき合うぞ」

と岳全が言い、捨三の後を追った。

「加代ちゃん、怪我はねえかい」

政吉が声を掛けると、加代は家から現れ、「はい」と言って安堵でうなずいた。しかし辺り一面のあまりの悪臭に吹き出してしまった。熊蔵と政吉もつられて大笑いだ。

六

その夜、直次郎の家に直次郎、お夏、加代が揃っていた。

糞尿のぶちまけられた長屋の路地はとても使用できず、明日掃除屋に頼んで来て貰うことになった。

「ああっ、もう臭くて臭くてたまんない、長屋に帰って来たとたんすぐにわかったわ。でも兄さんの肥しのお蔭で三人組を撃退できたんだから、文句は言えないけどね」

「熊蔵さんもいざって時はやってくれるんだな」

直次郎の言葉に、お夏はうなずき、

「兄さんは荒っぽいこと専門なの。ねっ、直さん、今夜はここに女二人を泊めて」

「そいつぁ構わねえが、奴ら戻って来ねえかな」

「とりあえず今日のところはそんな気にならないでしょうよ。明日になったらどっかに隠れる所探さなくちゃいけない」

「すみません」

加代の悲しい声に、二人が見やった。

「こんなあたしのために、行く先々で人様にご迷惑をおかけして。なんだってあんな人殺しを見てしまったのかと、それが悔やまれてなりません」

「言っても詮ないことは口にしないの。あんたは大事な生き証人なのよ。何があってもあたしが護りますからね、いい、わかった」

「はい、お夏さんには感謝しかありません」

夜も更けてきて、加代は先に休ませて頂きますと言い、部屋の隅に敷かれた夜具へ潜り込んだ。よほど疲れたのか、こっちに背を向け、やがて加代の寝息が聞こえてきた。

直次郎とお夏は声を落として語り合う。

「それでどうなの、直さん」

事件の行方を聞いた。

「佐渡奉行同心の江頭って奴が、謎の男と会ってんのを見てな、どこまでも後を追ったんだが結局は撒(ま)かれちまった。神田川が大川(おおかわ)にへえったところで、もういけねえ」

「どんな奴なの、その謎の男って」

「願人坊主に変装していて、暗くて顔はわからなかった。けどあんなのとつるんでるところをみると、やっぱり江頭は怪しいのさ」

「延べ棒を盗ませた張本人かもね」

「だからおれぁ悔しくてならねえ。明日もまた振り出しに戻って江頭を見張るつもりだがよ」

「向こうも警戒してるかも知れないわね」

お夏はそう言って、考える目を宙に据え、

「佐渡奉行の河合様の失脚が狙いだったら、もう思いは遂げたのよね。ご本人は切腹しちまったんだから。となると、狙いはやはり延べ棒千両分のぶん取りなのかしら」

「さっぱりわからねえんだよ、悪の企(たくら)みが。ようやっと謎の願人坊主が姿を現したってのに、逃げられてこのざまだ。そっから先を突き抜けねえことには埒が明かねえのさ」

「困ったわねえ」

「じりじりしっ放(ぱな)しよ」

「ねっ、直さん、ちょっと待って」

「なんだ、どうした」

「あたしたち一生懸命延べ棒の行方を追ってるけど、これって天下の黒猫様のやることなの？　延べ棒が見つかったらどうするつもり」

「決まってんじゃねえか、お上へ返上仕るのさ、熨斗付けて」

「一本も頂戴しないで？」

「おい、黒猫様をなんだと思ってるんだ。おれたちゃそういう邪なことはしねえと申し合わせてるんだぜ」

「ああっ、よかった」

お夏がにっこりして胸を撫で下ろす。

「何がよかったんでえ、おめえ、おれが延べ棒を猫ばばするとでも思っていたのか。冗談じゃねえぜ、まったく」

「嬉しい」

「な、なんで嬉しいんだ、変な奴だな」

「そうなのよ、黒猫様はそれでなくちゃいけないの。罪のない人のものを頂戴しちゃ駄目なのね」

「当ったりめえよ」

「ああっ、それにしても岳全さんと捨三さんの二人、どこまで行ったのかしら。気になってきたわ」

「おれもだぜ」

直次郎が立ちかけるところへ、油障子にぶつかるようにして戸が開けられ、岳全と捨三が入って来た。揃って荒い息遣いで上がり框にへたばる。

「よっ、お二方、首尾はどうだったい。そいつをまず聞かせてくんな」

直次郎が意気込んで聞くと、お夏は「ちょっと待って」と言い、台所から直次郎の酒徳利を勝手に持って来て、

「まずは駆けつけ一杯やって」

直次郎の分も含めて、四人の茶碗酒を注いだ。

岳全と捨三が嬉しそうに見交わし、喉を鳴らせて酒を飲む。

「気づかれなかった？　大丈夫だった？」

お夏に問われ、捨三が答える。

「二人ともよっく聞きな。奴らの素性がわかったぜ。三人とも花川戸辺りに巣くう破落戸たちよ。しょっちゅう乱暴狼藉を働いて、五十敲きや百敲きの常連だそうな。

名めえは長次、鮫三、丑松ってんだ」

「長次、鮫三、丑松ね」

お夏が頭に刻み込む。

「ほかの奴とのつながりは？　つまり三人を雇った誰かがいるはずなんだよ」

直次郎が言うと、岳全は言葉を途切らせ、

「それはまだ姿を見せておらん。今日わかったことは奴らの素性と所（住居）であるな。花川戸のお化け長屋という所に、三人で身を寄せておるんじゃ」

捨三が得たりといった風情で手を叩き、

「肥しだらけでけえったものだから、長屋の連中に嫌がられての、奴らこの寒空に素っ裸ンなって、井戸の水を頭からぶっかけてガタガタ震えてやがった。陰から見ていて手拍子を打ちたくなったぜ」

七

お化け長屋は日当たりの悪い吹き溜まりにあった。住人たちもみすぼらしく、うす汚れた連中ばかりだ。

翌日の昼前に、直次郎とお夏が油断なくやって来て、住人に三人組の家を聞き、近づいて行った。

なかに耳を澄ますも、気配はない。

意を決した直次郎がガラッと油障子を開けると、乱雑な家のなかに人影はなく、残飯や残り酒などが饐えた臭いを放っている。自堕落な三人の暮らしぶりがわかる。

直次郎が家のなかを見廻している間に、住人に聞きに行ったお夏が戻って来た。

「直さん、すぐに来て。三人はさっきまでいたけど、子供の使いが来て出掛けたそうよ」

「行く先は」

「わからない、ともかく付近を探そう」

二人して花川戸の町をさまよい歩くも、三人が見つからぬまま、大川の河岸まで来た。

大川は猪牙舟、渡し船、釣り舟、屋形船などが今日も賑やかに輻輳している。対岸は向島小梅村で、御三家水戸家の広大な下屋敷の大屋根が見えている。

「どこ行っちまったのかしら、三人組」

舌打ちしてお夏が言う。

「さあな、見当もつかねえぜ」

後手つづきで、直次郎の声はどこか刺々しい。

その時、前からひらりと来た女がすれ違って行った。妙齢の女だ。着ている小袖は地味だが、女の雰囲気には華があった。それが一瞬でわかった。

直次郎の足が止まった。

「どうしたの、直さん」

「血の匂いだ」

女の背を目で追いながら、直次郎は緊張の面持ちで先を急いだ。お夏もつられて追う。

河岸沿いに寂れた小さな祠があり、そこで直次郎の足が釘付けになった。お夏も驚愕の目を見開く。

祠の周辺で長次、鮫三、丑松が血まみれになって切り裂かれていたのだ。すでに息はない。

「直さん」

「今すれ違った女の仕業だ」

直次郎が身をひるがえし、お夏と共に女を追った。

すでにどこにも女の姿はなかった。

茫然と佇む直次郎に、お夏が言った。

「あたしも今の女のことは憶えてる、手分けして探すのよ、直さん」

直次郎が必死な表情でお夏にしたがった。

花川戸の町のなかを探しまくる直次郎とお夏の姿を、女は離れた場所からどこ吹く風といった風情で眺めていた。

そこは甘味処の店で、女は窓辺で紫煙を燻らせ、まるで人生そのものを達観しているように見えた。表情は無で、なんの感情も浮かんでいない。

小女が湯気の立った注文の汁粉を運んで来た。

「お待たせしました」

「うん、有難う」

女は何事もなかったような顔に喜色を浮かべ、にこやかに笑った。少し前に、三人もの男を切り殺した人間とは思えなかった。女がふうふう吹いて汁粉を口にする。

「おいしい」

立って見ている小女に、心づけをやりながらうまそうに汁粉を啜った。

女の名はお蓮といい、若づくりだが三十前の女盛りだ。

汁粉をきれいに平らげ、茶を飲み干し、直次郎とお夏がいなくなるのを見澄まして、やがてお蓮は甘味処を出て雑踏に呑まれ、吾妻橋を渡って行った。油断なく歩きつつも、二人がつけて来ていないか後方にちらちらと視線を流している。

その心配はなく、お蓮はやがて北本所へ入り、寺社や武家屋敷が蝟集する閑静な界隈を悠然とした足取りで行き、本久寺という寺の境内へ入った。

寺の離れに小庵があり、二間に台所のついたそこがお蓮の住まいだ。寺が営んでいるもので、店子という立場である。

格子戸を開けると、男物の履物がきちんと揃えて脱いであった。

お蓮が上がって行く。

奥の間でごろりと身を横たえていたのは、銀蔵であった。お蓮を見るとすぐに寄って来て、膝頭を揃えて畏まる。

「首尾は」

「聞くまでもないよ、造作もないね、あんな奴ら。あたしが呼び出してやさしい声で話しかけてやったら、奴ら甘ちゃんだからころっと騙されてさ、匕首で不意打ちを食らわせてやったらひとたまりもなかった」

「お手間取らせやした」

「この見かけ倒し」

お蓮が揶揄(やゆ)し、銀蔵の古疵のある左頬を撫でる。

銀蔵は恐れ入って、

「正直申しやすと、あっしにゃあいつらが怖ろしく思えてきておりやした。無鉄砲で見境(みさかい)がなくって、怖いもの知らずでやんすから手が付けられやせん。つけあがってきて、この先どうしたものかと思案を重ねていたんで」

「三人の皆殺しをしている間、勿体(もったい)なく思えてならなかった」

お蓮が妙なことを言う。

「な、何がでござんす。あんな奴らの命なんざ勿体なくもなんでもござんせんぜ」

「髪の毛だよ、三人は若いから毛が沢山あったんだ」

「へえ」

銀蔵はお蓮の話に戸惑う。

「あたしのおっ母さんはその昔、抜(ぬ)け毛買(げか)いだった。それで母子二人は食っていたのさ」

抜け毛買いは女の仕事で、どこの長屋にも顔を出し、「抜け毛ありませんか、抜け毛買いますよ」と言って買い歩く。髪の毛を梳いた後の抜け毛を残しておくと、抜け毛買いはそれをまとめて買い、髢屋へ売る。髢屋では髪の毛の束を洗い清め、婦人が結髪時に髪をふくらませるのに使う髢にするのだ。

「あいつらの髪の毛をまとめたら相当な金になると思ったのさ。あはっ、つい子供の頃の習いが出ちまった」

銀蔵が失笑し、肩を揺すった。

「何がおかしいんだい」

「似たりよったりだからですよ」

「あんたの親も抜け毛買いをしていたってのかい」

「いえいえ、うちは灰買いでさ」

「ああ」

「父親がやってました。あっしはよくついて行ったんで」

百姓は畑の肥料にするために残り灰が入り用で、灰買いは叺を持って炊事の後の竈の灰を求めて各家々を廻る。まとまるとそれを百姓に売るのだ。

抜け毛買いも灰買いも、さして稼ぎにはならないが、それで家族が食っていた。零細な下層の民の仕事だ。

「お頭はあっしと境遇が似ておりやすね」

「けどあんたはそこから抜け出したろ」

「へえ、十六ンなって独り立ちしやした。盗みから始めて、辻強盗になったんで。人殺しを始めたのはそれからあっという間でした」

「女はね、そうはいかないんだ」

「初めて聞く話ですね」

「十三になった時、母親は食うに困って娘のあたしの躰で稼ぐことを思いついたんだよ」

「売り飛ばされたんですか」

「もっと嫌な目に遭ったねえ」

「どんな」

「ド助平な男どもを誘い入れて、十三のあたしを素っ裸にしてね、見世物にして金を取るようになったのさ」

「うへえ、そりゃまた……」

銀蔵が恐れ入る。

「あたしのあそこを見せて高い金を取って、一年くらいはおっ母さんは左団扇だったね」

「惨い話ですねえ」

「ううん」

　お蓮は否定する。

「えっ」

「そうでもなかった。それなりにあたしも面白かった。男ってな、女の観音様が心底好きなんだねえ。あそこを見ている時の顔はみんな罪がないのさ」

「へえ、まあ」

　銀蔵が表情を弛ませる。

「そのうちあたしは売っ飛ばされた。あたしの観音様にご執心の金貸しが金を出して、あたしを買い取ったのさ。七十過ぎのよぼよぼの爺さんだった」

「おっ母さんはどうしなすったんで」

「金をつかんでドロンさね、男もできたらしかった。それであたしは頭に血が昇ったよ」

「仕返しですかい」

「見つけ出して大川から突き落としてやった。さんざっぱらあたしで稼いでおきながら、許せないと思ったね」

「捕まらなかったんで？」

「そこはうまくやったさ。役人は誰一人あたしを疑らなかった」

「もうその頃からおっかねえ姐さんだったんですね」

「あれから十何年か経つけど、あたしはお縄を頂戴したことがない。生き残るためにいったい何人殺したか知れやしないよ」

　銀蔵が含み笑いをする。

「好きなんですよ、そういう血も泪もねえお頭が」

　銀蔵はお蓮のことを『お頭』と言う。

「酒、持っといで」

「へい」

　銀蔵が立って台所へ行き、酒徳利と湯呑みを持って来て、二人して冷や酒を飲む。

「どうしたい、江頭は」

「強情な奴でしてね、延べ棒は金輪際渡せねえと」

　お蓮が舌打ちする。

「お宝を目の前にして何もできないのかえ」

「どこに隠したのか見当もつかねえんでさ」

「女房がいたね、あいつにゃ」

「へえ、千景ってえ陰気臭え女です」

「そこら、責めたらどうなのさ」

銀蔵は考え込む。

「なんぞ障りでもあるのかえ」

「あっしが差し向けた色男の話によると、千景は何も知らねえみてえなんで」

「どんな色男さ」

「小間物屋の手代なんですが、千景はなかなか秘密を打ち明けやせん」

「秘密がありそうなのかえ」

「へえ、まあ、あるようなねえような」

「手強いんだ」

「そうも見えねえんですが」

「のらりくらりだね、あんたの話は」

「申し訳ございせん」

「花川戸で三人を殺したすぐ後、若い男と女に勘づかれたようなんだ」

銀蔵が目を血走らせる。

「どんな奴らなんで」

「取るに足りない連中と思っていたけど、なんとなく気味が悪いのさ。すばしっこくて、油断がならないと思った」

「さあて、いってぇ何者なのか……」

銀蔵は腕組みだ。

「いいよ、ここは突きとめられなかったからさ、ひと安心なんだけどね」

「嫌な気分でござんすねえ」

「布団敷いとくれ」

突然お蓮が言うと、銀蔵はキョトンとなって、

「へっ？」

「観音様を拝みたくないのかえ」

「あっ、いけねえ、涎（よだれ）が出ちまった」

銀蔵が冗談を言って隣室へ去り、寝間の支度を始めた。

お蓮は煙草に火をつけ、紫煙を燻らせて考え事だ。

八

深川菊川町の翁屋では母屋や土蔵の建て替えが始まっていて、大工が大勢入り、番頭の伊之助以下、手代たちも手伝いに駆り出されておおわらわとなっていた。

再建費用はあちこちから調達し、余るほどになり、当面の不安はなかった。大店ではないが老舗だけに、いざとなったらそれが強みとなったようだ。しかし奉公人の何人かは火災を汐に辞めてしまい、店では人手不足になって困っていた。

そんな折、加代がお夏に伴われて帰って来たので、伊之助は喜んだ。

長次、鮫三、丑松の三人が何者かに殺されたので、もはや加代の危険は去ったものとお夏は踏んだのだ。

加代はすぐに元の暮らしに戻れて、お夏に感謝すること頻りである。

「お夏さん、このご恩は一生忘れません」

泪を滲ませて加代が礼を言う。

「いいのよ、これで。また何かあったら黒江町に来て。いつでも相談に乗るわよ。もう肥し臭くなくなったから」

「あはは」と加代は屈託なく笑う。

その恢復ぶりを見て、お夏は安心した。

伊之助にも礼を言われ、お夏は加代に送られて翁屋を後にした。

そのまま黒江町へ向かい、横川から小名木川沿いに歩いていると、対岸の海辺大工町に直次郎がひょっこり姿を現し、大きな声でお夏の名を呼んだ。

「よっ、お夏」

「どうしたの、直さん」

「おう、待ってろ、すぐにそっちへ行くぜ」

直次郎は高橋を渡って来るなり、息を切らせて興奮を鎮めながら、

「いいか、お夏、驚くんじゃねえぞ」

「何よ、何があったの」

「天の啓示だよ」

「ええっ、早く聞かせて」

「例によって江頭の組屋敷の辺りをほっつき歩いていたら、道にくそガキが飛び出して来やがってな、おれに飴屋は見なかったかと聞いたんだ」

「飴屋？　なんのこと」

「まあ聞きねえ。そのガキの家にゃ他に五人の兄弟がいて、お父っつぁんが珍しく小遣いをくれてな、長男の奴は六人分の飴を買いに行ったんだ。そうしたら道で飴屋に出くわして、すぐに坊太郎飴を六本買ったのさ。ところがそのなかの一本だけ違う飴がへえっていた。おなじ飴が六本揃わなくちゃ喧嘩になっちまう。長男は懸命に飴屋を探して駆けずり廻っていたんだ」

「直さんも一緒に駆けずり廻って上げたんでしょ」

「勿の論よ。それで飴屋がようやく見つかって、違う一本だけを取り替えて貰った。その時、おれの頭に雷が閃いたんだ」

「ちょっと、前説が長いんじゃない」

「ここは我慢のしどころよ」

「気が短いの、あたしは」

お夏が足をバタつかせる。

「延べ棒だよ、延べ棒」

「延べ棒と飴がどうつながるの」

「いいか、八百本のなかに十本だけ偽物が混ざっていた。たぶん一本ずつが布かなんかで巻かれて、その上から菰でも被せてあったんだろうぜ。佐渡からの道中、何度も延べ棒八百本を数えたという話だが、なかまではいちいち剝いてみてねえと思うんだ。それから江戸の河合様の屋敷まで運ばれて、お城へ持ってくって時に十本が抜かれていることがわかった。後のことはおめえも知っての通りよ」

「河合様がご老中様にありのままを告げて、それから時を置かずして腹を召されたのよ」

お夏がハッとなって、

「それじゃ延べ棒は、やっぱり河合様のお屋敷に」

「いいや、はなっから本家本元にゃねえはずだ。そもそもどこで本物を抜いて、偽物とすり替えたのか、知ってるのは下手人だけよ。恐らく江頭は本物の十本をどっかで抜いて、てめえん所に隠しといて、騒ぎが鎮まるのを待って、夜陰に乗じて運び出した。真相はそんなとこじゃねえのかな」

「江頭は自分の屋敷に持ってったのかしら」

直次郎がうなずき、

「それをもう一回確かめてみようと思って、おめえの力を借りてえのさ」

「今は昼よね」

「江頭は主家で、子供たちは学問所だ。女房がいるかどうかかな。男を連れ込んでるかも知れねえんだ」

「男って、何それ。聞いてないけど」

「道々話してやるさ」

九

江頭の屋敷が見える所まで来て、直次郎とお夏は慌てて近くの土塀に隠れた。

千景が装った姿で現れ、おなじ御家人の女房らしき数人と出て来たのだ。近くへ遊(ゆ)山(さん)にでも行く様子だ。

それらを見送り、直次郎とお夏はすんなり裏手から入り込み、探索を始めた。

土蔵のなかをもう一度と、直次郎は例のかぎ棒を使って扉を開け、お夏と共に侵入した。だが何度調べても結果はおなじで、土蔵のなかに延べ棒はなく、見切りをつけて外へ出た。

その時、直次郎の目がふっと一点に注がれた。前回は気づかなかったが、庭の片隅に雑草に覆われた古井戸があったのだ。

「古井戸か……」

「ちょっと気になるわねえ」

直次郎がうなずいて古井戸の蓋を取り、なかを覗く。

真っ暗で何も見えないが、底の方に何やら古びた木材が積み重ねてあるのがわかった。

「お夏、胸が騒ぐぜ」

「あたしもよ」

やおら直次郎が帯を解き、長襦袢だけになると帯の片方をお夏に持たせ、それに伝って古井戸の底へ身軽に降りて行った。

しっかり帯の片方を握りしめながら、お夏がハラハラとした顔で覗き込む。

「どう？　直さん」

「お夏、当たりだ」

木材の一つを手に取り、掲げて見せた。細いそれはまさに延べ棒の長さ大きさだった。

「何本あるの」

直次郎が手早く数え、

「十本だぜ、お夏」

「やったわね」

直次郎は木材をそのままにして再び帯を伝って上がって来ると、お夏の前に立った。直次郎の裸身をもろに見せられ、とっさにお夏は目を逸らす。直次郎が元通りに着物を着て帯を締めた。

「これでおれの睨んだ通りだってことがわかったろう。江頭はやはり一味の片割れだったのさ」

「一味っていっても、ほかの奴らが。手先を務めた三人組は眠らされちまったし、このあいだの謎の女や願人坊主の男とか、まだ謎だらけなのよ。どうするの」

「そう言われたって、おれにも答えようがねえぜ」

「うむ……」

「ともかくここにゃもう用はねえ」

二人して屋敷を出て、近くの稲荷へ入って策を練る。

「さあて、本物十本はどこに行ったのか。まさか空を飛んでどこかに、てえことはあるめえし……」

「ああっ、いい思案が浮かばないわ。江頭を捕まえてとっちめるってのは？　直さん」

「良策とは言えねえな、そうなるとどこへ飛び火するかわからねえだろ。とてつもねえことになるかも知れねえ」

「とてつもないことって？」

「これにゃ黒幕がいるんだ。そいつの正体がつかめねえうちは下手な手出しは禁物だぜ」

「どんな黒幕？」

「黒い綱を辿って行くと、誰が大元にいるのか、そいつがわかってくる。相手によっちゃおれたちの命取りにもなりかねねえ」

「怖いこと言わないでよ」

「そりゃそうだろ、お夏、延べ棒十本で千両なんだぞ。誰だって目の色変えるはずだ。尋常じゃいらんなくなるんだよ」

「さっき見かけた江頭の御新造さん、あれは腹のなかに虫を飼っているわね。邪悪な虫よ」

「どうしてそこまでわかるんだ」

「女には女がわかるのよ。あんななんでもない地味な人でも、千両となれば悪い虫が動きだすわ」

「手代風情をたらし込んでるだけだろ」

「ううん、そうじゃない。そうやって亭主を平気で裏切る女なのよ。きっと千両のためなら命懸けになるわ」

「ああ、まあな、一生貧乏御家人の女房で終わることを考えりゃ、野心を持っても不思議はねえ。千両つかんだらどっか別の新天地をめざしたっていいんだものな。人間、金のためならなんでもありよ。嫌だね、浅ましいねえ」

「差し当たって直さん、あたしはあのおかみさんを張ってみる」

「頼むぜ」

十

江頭が仕事帰りにいつもの一膳飯屋でちびちび酒を飲んでいると、不意に銀蔵が現れた。

銀蔵は頰被り（ほおかむ）りで顔を隠し、目を光らせて、

「ちょいとつき合って貰いてえ」

何も言わず、江頭は銀蔵にしたがって店を出た。飲み代は銀蔵が払った。

川筋に屋根船が停まっていて、銀蔵はそこへ江頭を誘い、自分は櫓を取った。江頭が船の密室へ入ると、そこにお蓮がいて、酒を飲んで煙草を吹かしていた。

船が動きだす。

「おい、お蓮、おなじ話の繰り返しなら聞く耳持たんぞ」

江頭が高飛車に言うと、お蓮は冷笑を浮かべて、

「まっ、いいじゃありませんか、江頭様。そうしゃっちょこばらずとも。あたしたちはお仲間なんですよ」

江頭はせせら笑う。

「よしてくれ。おまえのような毒婦と仲間になった覚えはないな」

「あたしが毒婦ならおまえさんは何かしら。お上を裏切って大金を手にしようとしている大悪党じゃござんせんか」

「今宵はどんな脅しをかけるつもりだ。いくらわたしを揺さぶっても、延べ棒は手に入らんぞ」

「どこにあるんです」

「言うものか」

お蓮は含んだ目で笑い、

「火盗の十手、お返ししましょうか」

「今さら何を言う。あれを返して貰っても元のお役に戻れるわけでもない。おまえに十手を奪われたところで、わたしの運命は変えられたのだ」

「ご冗談を。あたしと知り合ったからこそおまえさんは運が開けたんじゃありませんか」

江頭は肩を揺すって嗤(わら)い、

「おい、烏天狗。おまえは腹黒いな。わたしが火盗をクビになって佐渡奉行の同心になったと知るや、また尻尾を振って寄って来た」

「そこからあたしたちの関係が始まったんですよ」

「佐渡の金山から掘り出した延べ棒の件を、どこからか聞きつけた。それを奪い取るからくりをおまえはわたしの耳に囁いた。金高に目が眩(くら)み、それに乗ったわたしも分別(ふんべつ)をなくしていたがな」

「もういいじゃありませんか、経緯(いきさつ)なんてどうだって。あたしたちは今に生きてるんですよ。すんなり延べ棒を渡して下さいな」

「五百両で手を打ったはずだぞ。それさえ払えば延べ棒は渡してやる」

「答えはおなじってことですか」

「歩み寄るつもりはないぞ」

江頭とお蓮の目と目が烈しくぶつかり、火花が散った。

「だっておまえさん、大金を手にしたらお役を退いて自由に生きることを考えてるそうじゃありませんか。だったら一日も早く延べ棒を」

「銀蔵、船を着けてくれ」

江頭が話を打ち切った。

第三章　烏天狗（からすてんぐ）

一

お夏は直次郎に語る。

「あたしもね、直さんとおなじで烏天狗（からすてんぐ）の名前は知らなかったの。兄さんや政吉さんに聞いても知らないって言うし、あっちこっち聞いて廻ったら、どうやら日本橋筋や両国、深川、浅草なんぞには出なくって、板橋（いたばし）とか内藤新宿（ないとうしんじゅく）とかそっち方面に出没していたらしいのね。つまりおなじ江戸でもちょっと外（はず）れた寂しい方なの。今ンところ烏天狗をはっきり見た生き証人はいなくって、後からそういえば、というちらっと見かけた自身番の家主さんの話によれば、烏天狗は大勢じゃなくてたった一人だったそうよ。それも黒装束に烏のお面をつけていたから、男か女かもわからないみたいね。まっ、尋常に考えて男なんでしょうねえ。血も泪もなくて、罪のない奉公人なんぞを平気で手に掛けられるんだから。ところがその烏天狗が、ゆんべ本所に現れたっていうから驚きじゃないのさ。あたしたちの縄張りによ、とても許せないわ。だから江頭の奥さんのこと見張るの、ちょっと待って欲しいの。夜になったら出掛けて、あたしとしては本所や深川を歩き廻って烏天狗と出くわしたいのね。いいわ、直さんは引き続きそっちをやっていて。いろいろあるわよねえ、御免ね」

口を差し挟まずにそれだけ聞くと、直次郎は後をお夏に任せて、再び江頭の見張りに向かった。

お夏はお夏で黒っぽい地味な着物姿になって、差し当たって昨夜押込みのあった本所を目指した。

押し込まれたのは、本所二つ目の緑町一丁目にある長崎屋という蠟燭問屋であった。伝聞によれば奉公人が五、六十人の中どころの店で、辺りが寝静まった丑三つ時に黒い影が押込み、それに気づいた手代二人がいきなり切り殺された。金箱を漁った跡があり、主の話ではそこには三百両ほどがあったという。殺戮に出くわした店の小僧の証言では、賊は烏天狗の面を被っていたというのだ。

それを聞いた町方は騒然となり、烏天狗の出現に色めき立った。事件は喧伝され、翌日の瓦版(かわらばん)にもなった。

お夏は長崎屋へ行き、烏天狗を見た小僧に近づき、話を聞くことができた。

翁屋の女中加代よりさらに幼い小僧は寅吉(とらきち)といい、田舎者らしく頬が赤く、怯(おび)えを残しながらもお夏にありのままを語った。

「夜中に厠(かわや)に立つと、廊下にそいつがいたんだ。おいらが叫びそうになったら、そいつは口に指を当ててしっという仕草をした。声は一切出さなかった。おいらは怖ろしくて、その場に座り込んじまったよ。動けなくなったんだ。するってえと、そいつは何も言わずにおいらの脇をすり抜けて消えちまった。後でわかったんだけど、もうその時には別の所で手代の寛吉(かんきち)さんと半助(はんすけ)さんは切られていたんだ。おいらだけ助かって、申し訳ねえ思いでいっぺえよ」

泣きだす寅吉をなだめ、お夏が聞く。

「何か気づいたことはない？　その賊で」

すると寅吉はサッと顔を上げ、

「あれは女だぜ」

「えっ」

お夏が表情を引き締めた。

「間違いねえよ、女だった。烏天狗か何か知らねえけど、ありゃ男じゃねえ」

「どうしてそう思うの」

「匂いがしたんだ」

「どんな」

「こう、ほんわかと肌の匂いだな。髪の毛の匂いかも知れねえ」

寅吉はませた口調で言う。

「それ、お役人に話した？」

「言ったけど取り合ってくれなかった。そんなはずはねえって。匕首とはいえ、手代二人を切り殺した手口は女なんかにはできねえと。迷いも何もなく、束の間で刃を振るったようなんだ。そう言われるとそうかも知れねえと思ったけど、でもおいらは男じゃねえと思ってるぜ。信じてくれるか、姐さん」

お夏はぞくぞくとしてきた。

二

黒羽織の五人が、江頭の行く手を阻んだ。

先頭は徒(かち)目付組頭、後ろはその配下であろうと、物陰から見ながら直次郎は踏んだ。

そこは河合の屋敷近くで、いよいよ江頭に司直(しちょく)の手が及んだのだ。

徒目付は目付配下で、主に幕臣の非違(ひい)の糾明(きゅうめい)がそのお役の小吏(しょうり)だ。日常は大名登城時に大玄関を警護し、評定所(ひょうじょうしょ)、伝奏(てんそう)屋敷、紅葉山(もみじやま)を巡廻する。定員八十人を三組に分け、各組頭がいて統率している。徒目付はすべて目付の指図で動く。

通常の幕臣、しかも江頭のような御家人なら徒目付と聞けば震え上がるものだが、なぜか江頭はそうはならず、泰然(たいぜん)として五人を見廻している。

「徒目付組頭大杉甚内(おおすぎじんない)と申す。佐渡奉行同心の江頭三千蔵殿であるな」

大杉甚内が名乗り、江頭を睨(ね)めつけた。厳(おごそ)かな面構えの四十がらみだ。

それに対し、江頭は「左様(さよう)」と答えただけである。覚悟ができているのか、驚きも動揺もその表情には表れていない。

「ちと尋ねたき儀あり、同道願おう」

大杉に言われ、江頭は黙ってしたがった。

直次郎は拍子抜けする思いだが、江頭の態度が興味深く、そっと一団の後を追った。

すぐ近くに百姓家があり、徒目付たちは暫時(ざんじ)そこを借り受けたようだ。家人はどこかへ行かされて一人もおらず、一団は江頭を囲むようにして広座敷に上がり込み、訊(じん)

問を始めた。

直次郎は家に近づき、聞き耳を立てる。

しかし大杉の声が低く、それに答える江頭もぼそぼそとして聞き取り難い。それでも切れぎれに次のような問答が聞こえた。

「延べ棒を運ぶ一行のなかに与吉と申す人足がおったな。あれはどうした。なぜ死んだ」

大杉の詰問に、江頭は淡々と答える。

「確かに与吉は人足としておりましたが、それがしは与り知らぬことです。当家の女中頭をしている母親のおむらに聞いたら如何ですかな」

「与吉は江戸に帰った後、三人の無法者に手に掛けられたのだが、その三人もつい最近になって何者かに命を奪われている。妙だとは思わぬか」

「妙とは？」

「不審を覚えぬか」

「はっ、そう申されましても、それがしは何も承知しておりませぬので」

江頭は知らぬ存ぜぬで通す腹らしい。

「金の延べ棒はどうした」

急に延べ棒が出てきて、江頭はややうろたえる。

「はっ？　なんの話でござるか」

「延べ棒十本の行方を訊いておる」

「延べ棒はすでにお上の御金蔵に納まっているはずでございますが」

「そうかな」

「そのように聞き及びます」

大杉が押し黙った。

「これはどのようなお尋ねでござろうか。それがしにはとんとわかり申さぬが。延べ棒十本とはなんのことで」

「延べ棒八百本のうち、十本が抜かれていたのだ。初耳か、そのこと」

「寝耳に水でござる」

またしても大杉の沈黙に、江頭は耐えられぬように、

「その延べ棒紛失に、それがしが関わっているとでもお考えなので」

「江頭三千蔵、惚け通す腹かも知れんがそうはゆかぬぞ。天知る地知る我知ると申すであろう。われらの手から逃れられると思うなよ」

江頭の失笑が漏れた。

「何がおかしい」

大杉の大喝（だいかつ）が飛んだ。

「はっ、お許しを。あまりにとてつもないお話なので驚くばかりで……それがし、誓ってそのような大事に関わってはおりませぬ」

「神に誓うか」

「御意（ぎょい）」

五人の男たちがざわざわと動きだし、直次郎はすばやく姿を隠した。

江頭は解放され、百姓家から出て来た。これ以上江頭を留め置いても追及する根拠に乏（とぼ）しいので、大杉としては今日のところは放免（ほうめん）したのだ。

肩を怒らせて行く江頭の後ろ姿をじっと見つめながら、直次郎は尾行を始めた。今日のことは江頭とて肝を冷やしたはずだ。こうなったらどこかでボロを出すのを気長に待つしかないと思った。

その時、大杉が配下の四人と逆方向へ行く姿を何気なしに振り返り、直次郎はあることに気づいて衝撃を受け、めくるめく思いがしたのである。

（こいつぁいってえどういうことなんだ）

開いた口が塞がらなくなった。

三

鳥天狗が立て続けにおなじ場所に出没するとは思えなかったが、それでも何かをつかみたくて、お夏は夜の本所二つ目界隈を歩き廻っていた。

しかし収穫はなく、小腹が空いてきたので屋台の夜泣き蕎麦屋（そばや）へ立ち寄った。かけ蕎麦と熱燗（あつかん）を屋台の親爺（おやじ）に頼む。

そうして飲み食いをしていると、隣りにすうっと客が立った。お蓮だった。見知っていたから、お夏は少なからず狼狽（ろうばい）した。長次、鮫三、丑松を切り殺したあの女ではないか。

お蓮は親爺に酒を頼み、何気なしにお夏を見た。お蓮の方にも憶えがあったので、表情が動く。

「こんな夜更けに若い女が独り酒（ひと）かえ、寂しいねえ」

先に話しかけたのはお蓮だった。

お夏はどぎまぎして、なんとか落ち着こうとしながら、

「姐さんこそ、どうして独り酒を」

「一緒にやろうか」

「あ、はい、あたしは構いませんけど」

二人で酒を飲む。

「おまえさん、この辺の人かえ」

「深川の黒江町です」

「おやまあ、それはそれは」

「それが何か」

「ううん、深川は目を瞑（つむ）っても歩けるくらいなんでね、でも黒江町までは知らなかった」

「姐さんはどちらですか」

「本所の北さね」

「あの辺はお寺が沢山並んでますよね」

「どこ行っても年がら年中抹香（まっこう）臭い所さ」

「それは確かに」

お夏は探るようにお蓮を見て、

「初めてお会いした気がしませんね、どっかで会ってませんか」

「さあ、どうかしら」

お蓮は惚けておき、

「おまえさん、何をしてる人なんだえ。もしかしてふところに十手を忍ばせていると

か」

「そんなことはありません、これでも堅気の人間のつもりですよ」

「捕まえるより逃げる方だったりして」

「あはは、笑えますね」

そう言っておき、お夏は刺す目を向けて、

「お名前聞いても？」

「蓮と書いて蓮、小賢しい名前だろ」

「そんなことは」

「おまえさんは」

「夏です」

「はあ、そりゃいい名前ね。あんたにぴったりだ。夏の日溜まりに咲く野の花を思わせるよ」

「日陰の花じゃないんですか」

「フン、そんなこと思ってもいないくせに」

お夏は笑って見せ、

「お見通しなんですね、なんでも」

「怖い女なんだよ、あたしゃ」

「そう思ってました」

「おや、こら」

「あたし、そろそろ行かないと。またここで会いませんか」

「どうして」

「気が合うんじゃないかと。思い違いでしょうか」

お蓮はうすら笑いを浮かべて、

「気が向いたら寄ってみるよ」

「楽しみにしてます」

親爺に銭を払い、お夏が先に消えた。

それから独りで少し飲み、お蓮はふらりと歩きだした。

お夏は立ち去るはずもなく、物陰に潜んでいて、お蓮の尾行を始めた。

するとお蓮が急に足を速めたので、お夏は履物を脱いで後を追った。

(突きとめてやる、只で帰すものか)

そう意気込んだものの、人けのない町家の並ぶ暗い道を行くうち、不意にお蓮は掻き消すように消えた。

お夏は慌てて飛び出し、辺りを見廻す。消えるはずがないのに、お蓮は幽霊のように消えたのだ。尾行に勘づかれていたらしい。

(畜生、あの女……)

悔しがり、お夏は一方へ闇雲(やみくも)に走った。

暗がりからお蓮がそれを見送っていた。

(気に入らない小娘だねえ、いったい何者なんだい)

だがお蓮はお夏を追わず、退いて闇に溶けた。

四

翌日の昼、阿弥陀長屋の直次郎の家に、萩尾藩江戸家老の恩田忠兵衛が訪ねて来た。

今日も忠兵衛は、物堅い羽織袴(はかま)姿に両刀を手挟(たばさ)んでいる。

忠兵衛のことはお夏以下、長屋の全員が知っていて、姿を見ても怪しむ輩(やから)はいない。

　だがその日、住人はすべて出払っていて、在宅は直次郎とお夏だけだった。熊蔵は近くで古道具の店をやっていて、政吉は極楽とんぼだからその行方は誰も知らず、岳全と捨三は寺に出掛けて奉仕と墓守を務めている。

　直次郎が茶を出そうとすると、忠兵衛は恐縮してそれを拒み、手土産の十個ほどの生卵の包みを差し出した。この当時、卵は高価であり、貴重なのだ。

　直次郎は礼を言ってそれを貰いながら、

「急な頼み事ですまなかったな、忠兵衛。早速だが首尾はどうであった」

　直次郎が用件を認め、藩邸の忠兵衛に文を出したのだ。

　忠兵衛はみずから二人分の茶を淹れ、喜々とした目を光らせて、

「まっこと世の中は奇々怪々でござりまするな、若。詳らかなことを聞いておりませんので、隔靴掻痒の感なきにしもあらずにございまするが、面妖な事実がわかりましたぞ」

「前置きが長い、早く申せ」

　気短な直次郎が武家口調になって話の先を急かすと、忠兵衛は「ははっ」と言って襟を正し、

「徒目付組頭に、大杉甚内なる人物はおりませんでした。徒目付八十人全員を調べま

したが、そのような名の人物はおらぬことが判明致したのでござる」

直次郎が表情を引き締めた。

「やはりそうか」

「その者の正体や、如何(いか)に」

忠兵衛が膝行(しっこう)して詰め寄る。

「正体まではまだ不明だ。偽者(にせもの)であることがわかれば、今日のところはそれでよしとしようか」

「そ、それではみどもとしては納得が。そ奴が何をしたのでござるか、何とぞわかるようにご説明を。若のお手伝いをしたいのでござるよ」

「今はまだ何も言えんのだ。勘弁してくれ」

「若っ、みどもは子供の使いではござりませぬぞ。このままでは帰れませぬ」

直次郎が持て余して、

「忠兵衛、余の言う通りにしてくれ。後々かならず説明をする」

「しかし、若っ」

押し問答の末、直次郎の意思が固いのを見て取り、やがて忠兵衛は不服顔ながらも帰って行った。

　するとお夏が、格子戸を開けてそろりと入って来た。

「聞いていたわよ、直さん。ご家老様に頼んで何かつかんだのね」

「そうなんだが、おめえの方にも話があるって言ってたよな」

「ううん、そっちが先よ」

　直次郎は昨日江頭が、大杉甚内ら徒目付五人の訊問を受けた件を話した上で、

「その時のことなんだ、お夏。立ち去る大杉某（なにがし）の背中を見て驚いたのなんの。羽織の襟元に貸し札がはみ出していたのさ」

「ええっ」

　貸し札とは、貸衣装屋が貸した着物に付ける観世縒り（かんぜより）（紙縒り（こより））のことだ。

「つまり大杉は貸衣装を着ていたというわけなんだ」

「あり得ないわね」

「それで偽者だってことがわかった」

「何者なのかしら」

　直次郎はかぶりを振って、

「悔しいったらねえぜ、江頭を追わねえで大杉某の方をつけてりゃよかったのによ」

「ちょっと待って、直さん。それだけのことをやらかすにしてはあまりにもお粗末だ

と思わない。正体がどうあれ、役人に化けるのに貸衣装屋の世話なんぞになるかしら」

「ああ、確かに。それもそうだが、あれは町の衆や浪人なんかじゃねえはずだ。すっかり徒目付になりきっていたんだからな。芝居だとしたらてえしたものよ」

「そこまでやれる連中が、解せないわね。それに後ろで糸引いてる奴がかならずいるはずだわ」

「だから、おいらはそっちを辿って行くことにするぜ。江頭の見張りはおめえに頼みてえ」

「それはいいけど、どうやって辿るの。手掛かりは何もないのよ」

「熊蔵さんや政吉さんを動かして、江戸中の貸衣装屋を当たるんだ。五人分のさむれえの衣装を借りに来たんだから、どっかでひっかかるんじゃねえか」

お夏が感心して、

「もはや八丁堀のお役人並ね、直さん」

「おうさ、そう思ってくれても構わねえぜ」

得意気な表情から一変するや、

「そっちはなんだい、なんぞ動きがあったのかな」

「花川戸で見かけたあの女に、二つ目でばったり会ったのよ。名前はお蓮、渋皮の剝けたなかなかの女っぷりだった」

「人殺しの分際なのにか」

「それなのにこそこそしてないのよね、むしろ堂々としていた。あたし、気押されてもう負けそうだったわ」

「家は突きとめたか」

「ううん、撒かれちまった。向こうが一枚上手だったみたい。はなっからあたしのこと怪しいと思っていたのね」

「一筋縄じゃゆかねえってか」

「悔しいったらないわよ」

「またどっかで姿を現すだろうぜ」

うなずくお夏が唇を嚙んだ。

五

浅草橋場町に丁子屋なる貸衣装屋があり、番頭久助は訪ねて来た熊蔵に異なことを問われ、面食らった。

店は繁盛していて、客の出入りが絶え間なく、手代たちも忙しげだ。

「昨日かおとついのこった が、ここにさむれえの羽織袴を五枚分借りに来た野郎はいねえかい。いたら正直に言うんだ」

高圧的に熊蔵は言う。

「旦那はお上のお人でございますか」

初老の久助が目をしょぼつかせて尋ねた。気弱らしく、初めての客に対してすぐどぎまぎしてしまうようだ。

「そう見えるかい、それならそれでも構わねえぜ」

「あ、はい」

「どうなんでえ」

「ちょいとお待ちを」

帳場へ行って台帳を取って来ると、久助は忙しくなかをめくり、

「ああ、はい、おとつい確かにそういうお客様が」

「貸してみろ」

熊蔵が台帳をひったくり、なかを調べる。

大杉甚内の名があり、所も記されていた。

「どんな客だった、おとついならまだ憶えてるだろ」

「朧げながら。その日は大変混み合っておりましたので、定かではございませんが」

「言ってみな」

「年はわたくしぐらいで、どこにでもいるようなお武家様でございました」

「さむれえの恰好はしてたんだな」

「はい、厳めしいお顔をなすってました。最初はこっちも構えてしまったのですが、五人分をきちんと前払いして下さいまして、表に待たせていた二人のお武家様が衣装を抱えて持って行かれました」

「五人分の衣装はけえってきたのかい」

「へえ、昨日間違いなく。その時の二人のお武家様がお返しに」

「その衣装、ちょいと見せてくんな」

「見てどうなさいますので」

「黙って言う通りにしろ」

久助は立って奥へ行き、手代に手伝わせて五人分の貸衣装を抱え持って来る。

「これでございます」

熊蔵が一枚ずつ調べてゆく。なかの一枚の襟元を見て破顔した。

直次郎が言った通りの、観世縒りがあったのだ。

「よし、間違いねえ」

熊蔵は礼を言って丁子屋を後にし、台帳に書かれていた本所回向院の近くまでひとっ走りした。

だがいくら探しても、大杉甚内の家はないのである。

「ふン、そんなこったろうと思ったぜ」

肩を怒らせ、着物の裾をからげ、深川の直次郎の元へ戻った。

「何から何まで嘘八百だったぜ、直さん」

「やはりそうか」

直次郎は落胆する。

「そういう手合いが、本当のことなんぞ書くわけねえだろ」

「それはそうだが、嘘にもどこか本当のことが混ざっているものでな、おれぁ回向院へ行ってみるよ。有難う、熊蔵さん」

そこへドヤドヤと政吉、岳全、捨三が帰って来た。

三人とも上がるなりへたばって、

「いやいや、直さん、江戸中にこんなに沢山の貸衣装屋があるとは思いもしなかったよ」

成果はなかったと岳全が言い、政吉も捨三も異口同音におなじことを言った。

直次郎は熊蔵の手柄には触れず、

「みんな、有難う。今から煮込みうどんを作るから一緒に食べよう。卵を一個ずつ落とすからな」

忠兵衛の差し入れを振る舞うことにした。

一同が喜んだのは言うまでもない。

六

屋敷のなかで、子供たちの暴れ廻る音がしていた。

裏木戸を開け、外着姿の千景が出て来た。

物陰から見張っていたお夏は、それが江頭の妻だとすぐわかり、尾行することにした。

千景は足早に行く。

もうたそがれが始まっていて、辺りはなんとはなしにうす暗い。

千景の行った先は浅草田原町で、目立たぬ場所にある二階建の小料理屋だった。

そこへ入って行く千景を目で追い、お夏はどうしたものかと思案に暮れた。一緒に入って行けば怪しまれるし、外にいては何もつかめない。迷いつづけるのは性に合わないし、ええい、ままよと決断して店へ入った。応対に出た女中に、今入って行った客の隣りに席を頼む。心付けを渡して酒と料理も頼んだ。

女中は仔細らしきを心得ていて、お夏を二階へ案内し、小部屋に通した。

お夏はひっそりと座して耳を欹てる。

不意に聞こえてきたのはお蓮の声だった。

「これでなんとかしてくれませんか」

お蓮は目の前に座した千景に、三百両の袱紗包みを差し出した。

それに視線を落とすも、千景の表情は動かずに無言のままだ。ふてぶてしくも見える。

お蓮が溜息をついて、

「幾らなら渡してくれるんですか」

「主人は五百と申したはずです」

お蓮は黙り込む。苛立ちがお夏にも伝わってくる。

「これ以上、ないんですよ」

お蓮の声が尖ってきた。

「では話はこれまでですわね」

千景は突き放す。

「ほかに持って行くってんですか」

「欲しがる人は大勢います」

「おまえさん方、闇の渡世にそんなに顔が利くんですか。こいつは驚きですねえ。堅気の御家人さんとは思えませんよ」

「わたくしどもも徒に欲の皮を張って言っているわけではないのです。延べ棒は一世一代の取引と思っていますんで」

延べ棒の名が出て、お夏は緊張した。

女中が静かに入って来て、お夏に酒と料理を置いて行った。

お夏は料理には目もくれず、酒だけ口をつける。

「……一世一代ですか」

お蓮の声がする。

「その覚悟だと申しているのです」

「それじゃ後二百ですね」

「作れますか」

「作るしかないでしょ、こっちも乗りかかった船なんだから」

「ではまた後日ということで」

千景が素っ気なく言って席を立ち、部屋から出て行きかけ、そこで言った。

「磯吉とは手を切りましたよ」

お蓮の返答はない。

「あんな男を送り込んで、こっちの様子を探らせるなんて感心しませんねえ」

「おまえさんだっていい思いをしたんだろ」

千景は何も言わず、立ち去った。

お夏はじっと息を殺している。磯吉が何者かは知らないが、お蓮の意を汲んで千景を探っていたのに違いない。その千景が延べ棒の交渉役をやっているのが驚きだった。直次郎は夫婦が疎遠のようなことを言っていたが、内実はぐるだったのだ。

お蓮の動きに耳を澄ましていたが、何事も起こらないのでこの場を後にしようと、お夏が立ちかけた。

　すると隣室に気配がした。

　別の人物がお蓮の前に現れたのだ。

「手を焼かせやすね、あの阿魔(あま)」

　銀蔵の声だが、お夏は知らない人物だ。お蓮の部屋の近くに席を取っていて、お夏とおなじように耳を欹てていたのだ。

　そのまま座りつづけ、お夏はまた耳を立てる。男はお蓮の仲間か手下に違いないと、見当をつけた。

「どうです、江頭の女房をどっかに引っ張り込んで拷問にでもかけるってな。その方が手っとり早(ばや)くねえですか、お頭」

「およしよ、そんなことしたら悪い噂が立っちまう。押込みやって奉公人殺すのとはわけが違うんだ。延べ棒に関しちゃ闇の連中が目を光らせている。鳥天狗も地に堕ちたもんだと言われちまうよ」

　お蓮が鳥天狗と知り、お夏は衝撃を受けて心が慄(ふる)えた。

「それじゃどうするんで。二百両は大金ですぜ。ちっとやそっとでできる金じゃねえや」

「あたし、もう押込みはやらない、そう決めたんだ」

「何があったんですか」

「手代二人を切り殺した後、三百両をぶん取って逃げようとしたら、小僧にばったり出くわしたんだ。そいつの顔を見たとたん、急に気持ちが萎えちまってね」

「おやおや、眠っていた親心が目覚めちまったんですかい」

何もかも訳知りの口調で銀蔵が言う。

「そうだよ、そうなんだよ」

お蓮は声を震わせ、

「死んだ伜に小僧がそっくりだったのさ。だから口封じができなかった」

「なるほど、伜さんは生きてりゃ小僧ぐれえだ、十になるかならねえかでやんすね」

「あの夜以来、罪深い自分を責めてるんだ」

「そりゃ感心しねえなあ、考え直してくれやせんか、お頭。烏天狗の名が泣きやすぜ」

「わかってるよ、心配するんじゃない、この件だけはやり遂げるさ」

七

「鳥天狗だったのか、お蓮て女は」

直次郎が驚きでお夏を見た。

阿弥陀長屋のお夏の家で、もう夜も更けていて、外は静かな雨だった。

千景の後をつけた末に思わぬ収穫があり、お蓮と仲間の男も出て来て、お夏にとってはめくるめくような宵だった。

「で、お蓮の後をつけたのか」

お夏はかぶりを振って、

「もうやめたの、どうせ撒かれるでしょ。それに江頭の奥さん絡みの所にあたしがいたのがわかったら、お蓮は本気で殺しに来るわ」

「手下の男ってな、三十ぐれえの陰気臭え野郎じゃなかったか。おれぁ、奴が江頭を船に乗せて密談をしてんのを見てるんだ」

「ううん、顔は見てないわ。向こうは頬っ被りしてたし。それより直さん、後二百両こさえるためにお蓮はまた悪事を働くわよ」

「そいつぁとんでもねえ話だ、なんとか食い止めねえと」

「それがね、もう押込みはやらないって」

「じゃどうやって金を作るんだ」

「わからない、ともかく後二百両あれば延べ棒が手に入るのよ」

お蓮が押込み先で小僧と出くわし、死んだ倅と似ていて殺せなかった経緯は省いた。

お夏の心情としてはあまりに辛い話だからだ。

「くそっ、所がわからなくちゃ見張りようがねえぜ」

「内藤新宿や板橋を押込みの縄張りにしていた烏天狗が、本所に現れたってことは余裕をなくしてるのね、きっとそうよ。その方がこっちも助かるけど」

「熊蔵さんたちにまた働いて貰わなくちゃならねえ。明日から夜廻りをお願えするんだ」

「うん、それはいいけど……でもこれではっきりしたわね。延べ棒は、今も江頭夫婦が隠し持っているのよ」

「徒目付に化けた五人てのも忘れちゃならねえぞ。奴ら、誰の指図で動いてんのか。そこを突きとめなくちゃならねえ」

「山盛りね、やることが」

「そう言いながらもじっくりやるのがおいらの流儀よ。とりあえず、夜も遅えからいっぺえやろうぜ」

「あいよ」

お夏が手早く酒の支度をし、直次郎と差し向かいになった。

「おれたちよく働くよな、お夏」

「正義のためだもの、当たり前じゃない」

直次郎は苦笑する。

「正義のためかあ……ちょいと面映いけど、まっ、そういうことになるか」

直次郎は忙しく肴を口に運ぶ。

「それ、味はどう？」

「うむ？　これか、うめえよ。どこで買ったんだ」

「あたしの手製なの」

肴は里芋の煮っ転がしだ。

「本当かよ、てえしたもんだ」

「お世辞じゃなく？」

「おめえに世辞なんか言わねえよ、料理の腕上げたな。この里芋のうめえのなんの」

「いい奥さんになれるかしら」

「なりてえのか」

「なりたい」

「誰の？」

「さあ、誰かしら。きっといい人よ」

お夏は思わせぶりに言う。

「だろうな」

「直さんはおかみさんいらないの？」

「おれか？　考えたこともねえな。だって正義のために生きてんだろ、とても忙しくて手が廻らねえよ」

「手を廻してよ」

「はっ？」

里芋が口からポトリと落ちた。

すかさずお夏がそれを指でつまみ取り、自分の口へ入れた。

「あっ」

「うふふっ、息もぴったりね、あたしたちって。いい人だわ、直さんて」

「みんなそう言うけどよう……」

「自分のいいとこってわからないでしょ、直さんにもちゃんとあるのよ。特にね、直さんは生まれも育ちもいいから」

「あはっ、それを言ってくれるなよ」

照れまくる直次郎を、お夏は目を細め、冷やかに見ている。

（この唐変木）

胸の内で罵る。ひそかに期待していた展開とはゆかず気に食わなかったのだ。

八

徒目付組頭大杉甚内に化けた男は甲子郎といい、他の四人は織部、忠弥、逸平、東馬を名乗る忍び人たちであった。

五人は日本橋伊勢町の旅籠『鰯屋』に逗留していた。

貸衣装を返却した今は黒羽二重の着流し姿の浪人体だが、宿の者には地方の藩士で江戸見物だと言ってある。

十帖ほどの広座敷を借り受け、飲み食いは最上のものを味わい、何不自由のない日々を送っている。本来なら落ちぶれた身であり、贅沢のできるはずはないのだが、影の後ろ楯がつき、命ぜられるままのことをしたから安楽が得られたのだ。

甲子郎のみ四十代で、織部たちはいずれも二十代の若さだ。

その日、五人は座敷に車座になって、昼酒を飲んでいた。

「返す返すも無念でならんのう……」

甲子郎の断腸の声に、四人の視線が一斉に向けられた。

「わしはこの手で雨月を葬った。そのことが後々までも悔やまれてならん。今でも夢に見るくらいだ」

火消し同士の喧嘩のさなか、通りがかった直次郎を黒猫と承知の上で延べ棒の秘密を明かし、この一件に引き込んだ忍びが雨月であった。

「奴とはおなじ在方であり、若い頃から共に修行に励み、肝胆相照らす仲でもあった。あ奴さえ裏切らなければこのようなことには」

甲子郎の言葉に、織部が膝を進め、

「雨月殿が裏切ったことに変わりはございませんぞ、甲子郎殿。われらの目を盗んで雨月殿は江頭とひそかに通じ合い、延べ棒を隠匿したのです。誰の目にもあの方のしたことは許されんのです」

さらに忠弥が引き継いで、

「八百本の延べ棒から十本を引き抜く。それがこたびのわれらの使命だったのです。事の善し悪しなど関わりなく、流れの忍びであるわれらは受けた役目を全うせねばならんのです」

「それはわかっておるがの、仲間を犠牲にしてまでもと、われとわが身が辛いのじゃよ」

甲子郎は慨嘆する。

「甲子郎殿のお気持ちは、よくわかります」

逸平がぽつりと言った。

「わたしも雨月殿が好きでした。われらを裏切るような人とは思ってもいませんでした」

「それはおれも同感だ」

東馬が言い、一同を見廻して、

「雨月殿は本当に裏切ったのか、何かの間違いではないのか。おれは時折そう思うのだ」

甲子郎が覚悟の顔になり、

「まだよくわからんことがあるが、わしはその判断で奴に刃を向けた。雨月は申し開きはしなかったぞ」

「しかし雨月殿は甲子郎殿の前から姿を消しましたな。深手を負っていながらどこへ行ったのでしょう」

織部が疑念を呈する。

沈黙が流れた。

口を切ったのは甲子郎だ。

「この使命には最初からきな臭いものがあった。われらを人足に化けさせ、佐渡からの道中をつづけるなかで、誰が、いつ延べ棒十本をすり替えたのか、それがわからず仕舞いで江戸に着到し、結構な手間賃だけを貰って解散となった。それでよいと言われ、その時は不審を持たなかったが、しだいに疑念が膨らんできた。それゆえに徒目付に化け、江頭を問い詰めたのだが答えは得られず、無駄に終わってしもうた。江頭の奴、われらを人足と思い込んでいたがゆえ、徒目付に化けたのを見破れなんだ。うつけじゃ、あ奴は」

「これはわれら忍びの技の賜物（たまもの）なのです、甲子郎殿。五十人もいた人足の顔など、江頭が憶えているはずはありません」

　逸平が誇りの顔で言うと、織部が不審顔になり、

「人足といえば、江戸に戻ってから与吉と申す輩が不審な死を遂げております。何か関わりがあるのでしょうか」

「それはなんとも言えんな。われらとは交流もなかった。この件は謎が多いようだ」

　忠弥が言った。

「それは確かに。したが所詮われらは雇われの身ゆえ、金で割り切ればよいものとおのれに言い聞かせてきたが、やはりこれははっきりさせねばならん。皆はどうだ」

　甲子郎が言うのへ、織部、忠弥らがざわつき、見交わし合っていたが、

「甲子郎殿がそうお思いなら、われらに異存は。やりましょう。追及をしようではありませんか」

　東馬が言い、皆の賛同を得た。

　甲子郎はわが意を得て、

「よし、皆もおなじ思いなら心丈夫だ。追及を始めようぞ」

　織部が身を乗り出し、

「甲子郎殿、この話を持ってきたのはそもそもどなたなのですか。今まで聞かずじまいで参りましたが、まずはそれをお明かし下され」

「うむ、よかろう」

甲子郎がうなずき、目顔で一同を寄せた。

九

その家は妾宅として使っていたもので、三間に台所のついた手頃な造作であった。申し訳程度の小庭もついている。

妾奉公をしていた娘を亡くし、母親のお才は泣きの泪で遺品の整理をしていた。

そこへ案内も乞わず、お蓮がずかずかと踏み込むようにして入って来た。

「へっ？　あの、どちらさんで」

初老のお才が目をしょぼつかせて問うと、お蓮はその前に座し、

「お悔やみを言いますよ」

形ばかりに一礼した。

「へえ、それはどうも」

「あたしゃお元さんとはちょいとばかり縁がありましてね、おっ母さんのおまえさんの耳には伝わらなかったかも知れませんけど、これでもお元さんと遊山に一緒に行っ

たりして仲良しだったんです」

　口から出任せを言った。

「そうでしたか」

「お元さんのこと、残念でなりません」

　お才は茶を淹れながら、

「急な病いだったんで仕方がありませんよ。昔から心の臓が弱かったんです」

「旦那の河内屋さんは今後のことはちゃんとやってくれてるんですか」

「は、いえ、それは……」

　お才は口を濁す。

　お蓮は茶を口に運び、じっとお才の出方を見守っている。

「すぐにでもこの家を明け渡すようにと言われました。お見舞い金として一両を頂いております」

「目腐れ金ですね、それじゃ」

「へえ、まあ、けど一両もあればあたしの方は充分なんですけど……」

「蓄えはおあんなさるんですか」

「急なことで、それはちょっと心細くて」

ひっかかるものがあり、お蓮はつい感情的になって、

「はっきり言って、おまえさんは娘で食っていなすったんですよね」

お才は目を泳がせ、うろたえて、

「そんなつもりはなかったんですが、お元がお手当てのほとんどをあたしにくれるものですから、ついそれに甘えて」

「恥ずかしくないんですか」

お才は顔を伏せて、

「今となれば恥ずかしゅうございますね」

お蓮はぐいっとお才に身を寄せ、

「あたしが間に入ってもう少し出してもらいましょうか」

「ええっ、そんな恐ろしいことを」

「河内屋さんはケチで名高い人だそうですねえ。一両以上を出すなんて考えもしないでしょうよ」

「へえ、その通りです。あたしの方も事を荒立てるつもりは」

「荒立てましょうよ、おっ母さん」

お蓮が自信ありげに言い放った。

そうしてお才の家を出ると、辻角に銀蔵が待っていた。

二人はそぞろ歩く。

「よっ、銀の字、いいネタつかんできてくれたじゃないか」

「河内屋なら一流の木綿(もめん)問屋だ、本気で脅しをかけりゃ二百両ぐれえはわけねえですぜ」

「本気さ、これで五百両揃う。早いとこ江頭の面(つら)に大枚(たいまい)を叩きつけてやりたいね」

「今宵、河内屋は寄合があって、上野山下(うえのやました)で宴会でさ」

十

上野山下の料理茶屋では、木綿問屋の旦那衆が集まり、宴たけなわとなっていた。

二十人の旦那衆に対し、呼ばれた芸者衆は三十人だから賑やかなことこの上ない。

仲居に客だと耳打ちされ、河内屋は何が客だと思い、妾を亡くしたばかりの河内屋に芸者の誰かが後釜(あとがま)に座ろうとしているに違いないと、相手のこともろくに聞かず、小部屋へと向かった。

五十絡みの河内屋は赤ら顔の肥満体だ。

そう言ってそろりと障子を開けると、そこにお蓮が寂しげな風情で座していた。

「河内屋ですよ」

河内屋はまごついて、

「お初にお目文字かね。どっかで会ったのかなあ」

にやつきながらお蓮の前に座し、しげしげと見入った。小粋な小袖を着てうす化粧を施したお蓮には、艶冶とした色気があった。

「いいえ、今宵がお初でござんすよ」

「わたしにどんな用があるんだね。今は寄合の真っ最中だから長くはいらんないよ」

「あたし、お元の姉なんです」

「ええっ、そんな、聞いたことないよ。あれは一人娘だったはずだ」

「父親がよそに作った娘なんです」

「はあ、それはそれは……だからなんだね」

「妹の見舞金、もう少し色をつけてくれませんか」

河内屋が失笑する。

「何を今さら。おっ母さんには一両を渡してある。それで縁は切れてるよ」

「そうでしょうか」

「この上の押し問答は無駄ってもんだ。わたしは賑やかな方へ戻るからね」

「戻れますか」

「なんだって」

河内屋が目を剥いた。

「妹の件は内緒事のはずですよね」

「何を言いたいんだ」

「世間に言い触らしますよ」

「やれるものならやってみなさい。それ相応の仕返しはしてやる」

河内屋が開き直ると、お蓮は冷笑を浮かべて、

「強気なんですね」

「おまえみたいな野良猫一匹、御せなくてどうするんだ。つけ上がるんなら痛い目を見るよ」

お蓮は河内屋の言葉を無言で躱しておき、銚子に直に口をつけて酒を飲み、ギロリと睨むと、突如豹変して、

「でけえ口叩くんじゃねえ、くそ商人が」

啖呵を切った。

河内屋が思わず身を引く。

お蓮は匕首を抜いて河内屋の目の前に突き立て、

「やい、黙って二百両差し出しな。そうしないと大変なことになるよ。身代も家族もなくす破目になってもいいのかえ」

「お元の姉だなんて嘘なんだね、おまえさんはいったい何者なんだい」

「うるせえ、四の五のぬかしやがると顔を切り裂くよ。二目と見られない面にしてやる」

「だ、誰か」

恐慌をきたした河内屋が逃げようとした。

お蓮がすかさず飛びかかり、河内屋の首根をつかんで喉頸に匕首を突きつけた。

「この野郎、おまえの命運は風前の灯だってことがわかんないのかい」

「や、やめてくれ、二百両だね、言われた通りに払うよ、どこへ持ってけばいいんだ」

十一

その夜、河内屋は土蔵のなかでまんじりともせずにいた。

いつもは母屋で家族らと休むのだが、御用達(ごようたし)を許されている尾張(おわり)家の殿様に大事な文を書くため、ひと晩がかりで執筆をするのだという名目を作り、土蔵に一人で寝ることになった。

むろんそれは真っ赤な嘘で、町のダニともいえる町内の親方に河内屋は頼み事をした。

真夜中の九つ（午前零時）に一石橋(いっこくばし)でお蓮が待っていて、二百両を渡すことになったのだが、そんな脅しに屈して金を払う河内屋ではなく、親方にお蓮を懲(こ)らしめてやってくれと頼んだのだ。

河内屋は親方にお蓮という悪い女にひっかかったとだけ言い、詳細は伏せた。親方は裏渡世の連中ともつながっているようなやくざ者で、そんな女なら自分一人で充分だと請負(うけお)った。

「遅いじゃないか……」

静寂を破って、河内屋が独りごちた。

九つの鐘が鳴って大分経っていた。

河内屋は落ち着かなくなってきて、酒徳利（さかどくり）を傾け、冷や酒を飲む。さっきからちびちびとやっているのだが、一向（いっこう）に酔わなかった。

突如、土蔵の扉が蹴り開けられた。

「ヒッ」

河内屋の口から怯えた声が漏れ出た。

お蓮の黒い影がぬっと入って来て、河内屋は叫びそうになった。

お蓮は刺し殺した親方の死骸をここまで引きずって来て、この寒空に汗を掻いている。

河内屋を正面から見据え、目を異様に爛々（らんらん）と光らせている。

「はン、こんなことだろうと思ってたよ。あんたの考えることなんざお見通しさね。さあ、この落とし前はどうつける」

河内屋は恐怖で言葉を失っている。

お蓮が死骸の襟首（えりくび）をつかんだまま、さらに引きずって河内屋の方へ近づけた。辺りに血の海が広がる。

河内屋は怖ろしくて歯の根が合わない。

「おまえさんもやっちまおうか。命乞いしたって助けてやらないよ」

「ま、ま、待ってくれ、わたしが悪かった。けりはつけるよ。だから勘弁しておくれ」

　震える手でお蓮を拝み倒し、河内屋は奥の文机(ふづくえ)の上の手文庫から幾つかの切餅(きりもち)をつかみ出し、平蜘蛛(ひらぐも)のようになって差し出した。

「どうか、これを」

　お蓮は鼻で嗤(わら)い、用意の袱紗に切餅を仕舞い込み、ずっしり重いその結び目を持って立ち上がると、

「達者でおやりな、河内屋の旦那」

「は、はい、ご親切に」

　力を失った河内屋がひれ伏した。

　お蓮は風のように消え去り、やがてその姿は真っ暗な夜道に現れた。

　銀蔵が待っていて、暗がりから出て来た。

「うまくいきやしたね」

「あんたのお蔭さ」

「どうしやす、これから」

「すぐにでも江頭に会って、延べ棒を引き渡して貰うよ。それで幕引きさね」

「どこでつけたんです、お頭のそのくそ度胸は」

「さあね、生まれつきだろ。躰は女だけど、心は男なのさ」

「信じられねえや」

「ちょいと一杯やってくかい」

「お供しやしょう。けどその後は」

「観音様を拝みたくなったんだね」

「お察しのいいこって」

「烏天狗だからね」

「意味がよくわかりやせん」

二人は忍び笑いを交わし、消え去った。

第四章　江頭の素性

一

江頭三千蔵が屋根船を所有しているのがわかったのは、ごく最近のことであった。つけ廻しているうちにそれを知り、直次郎は深い興味と共に疑念を抱いた。

（屋根船を、なんのために……）

疑念はそこである。

屋根船は屋形船より小型で、それでいて屋形船とおなじように屋根付きだが、雨や風の日でなければ簾（すだれ）を下ろしてはいけない決まりになっている。舟遊びや漁業に使う猪牙舟（ちょきぶね）は屋根がないから、荒天の日は出せない。

その屋根船を、江頭は浅草今戸橋際（いまどばしぎわ）にある船宿『松代屋（まつしろや）』に金を払って預けてあった。

それを知った直次郎が見に行くと、確かに松代屋の河岸でほかの船に混ざって江頭の屋根船は舫ってあった。屋形船にも引けを取らない立派なものだった。近くにいた船頭に訊くと、持ち主は滅多に姿を見せないという。

では気長に待つしかないのか。

直次郎は江頭がいつ屋根船を持ったのか知りたくなり、松代屋へ行って客のふりをして酒を飲みながら、自分もあんな船を持ってみたいと女将にさり気なく探りを入れてみた。するとこの一月内のことだという話だった。

それなら佐渡の道中から帰って来てからということになる。ますます疑念が膨らんだ。

そのことをお夏に伝えると、お夏も怪しいわねと言って腕組みした。

直次郎とお夏はある日、夜陰に乗じて今戸橋の河岸へ行き、人目を憚りながら江頭の屋根船に乗り込み、船内を調べた。

二人の関心は船底にあり、もしやそこに金の延べ棒が隠してあるのではと思ったが、期待は裏切られ、何もなかった。纜綱や船具があるだけだった。

「がっかりねえ、直さん」

「そう易々と出てくるとは思ってねえさ、けどこの船のことがわかっただけでも上首尾だぜ。限りなく船が怪しいことに変わりはねえんだ」

「江頭はなんのためにこの船を持ったのかしら」

「そこだよな、一番知りてえことは」

「船の見張り、どうする？　何も隠してないからもうやめる？」

「いいや、ここは辛抱強くやろうぜ」

しかし二人はあちこちに躰を取られているから、今戸橋だけに張りついているわけにはゆかない。

そこで畢竟、阿弥陀長屋の暇人たちに見張りを頼むことにした。

そうしておいて、二人は忙しく動き廻って江頭や千景の行動を探った。夫婦の動きに変化はなく、いつも通りの単調な日々がつづいている。

吉報がもたらされたのは、五日ほどしてからだった。

岳全と捨三は寺の仕事を休み、今戸橋に交替で詰めていた。正直なところ、こっちの方が金になるからだ。費用一切は直次郎から出ていた。出費は正義のためと、割り切っている。

「江頭は今宵船を出すと、船宿に伝えてきたらしい。船頭を借りるという話ではなく、おのれ一人で漕いでどこかへ行くようだ」

岳全の報告で、直次郎はすぐさま今戸橋へ向かった。

夕暮れの松代屋には、すでに江頭の姿があった。宿で女将を相手に酒を飲んでいる。河合家の勤めを終え、その足で来たものと思われた。

辺りが暗くなり始める頃、江頭は一人で屋根船に乗って漕ぎだした。離れた川筋で猪牙舟に身を伏せていた直次郎は、気づかれぬように追跡を始めた。猪牙舟は別の船宿で借り受けたものだ。

屋根船は大川へ漕ぎだすと、風を背に受けて南下して行く。行く先がわからないので、果てしなく感じられた。

大川をひたすら突き進み、吾妻橋、蔵前を過ぎ、両国橋、新大橋、永代橋を通り抜けて行く。その先は深川しか考えられない。

(なんだよ、深川へ行くってか)

直次郎は一抹、拍子抜けした。

二

「深川のどこへ行ったの？　江頭は」

興味津々でお夏が聞いた。

夜遅く、直次郎はお夏の家を襲った。

突然だったので、お夏は寝巻の上にどてらを羽織り、寒くて炭火もガンガン熾している。

「そんなに寒いか」

「今日は特別よ」

「年寄みてえだな、おめえ」

直次郎が呆れて破顔すると、お夏はせっついて、

「早く首尾を聞かせなさいよ」

「偉そうに」

「いいから」

直次郎はうんざり顔になり、

「また肩透かしを食らったぜ」

「江頭は深川へ何しに来たの」

「それがさっぱりわからねえのさ」

「どういうこと」

「永代橋を潜って深川をぐるっと大廻りすると、しばらくは船を停めるでもなく、海辺新田の辺りを様子を見るみてえにして眺めていやがった。ほれ、伊勢桑名藩の下屋敷がある所よ」

そう言ったすぐ後、おのれの頭をポンと叩いて、

「あっ、そうじゃねえ、違う違う。奴はもう少し行って一度だけ船を停めて、降りて姿を消しやがった。そいつを忘れるなんて、焼きが廻ったなおれも」

お夏が思わず身を乗り出し、

「どこへ行ったの」

「知らねえ。けど四半刻（三十分）もしねえうちにどっかから戻って来た。だから気にしなかった。小用でも足しに行ったんじゃねえのか。辺りにゃ人家も人の姿もねえ。江頭はそれでまた引っ返して行きやがった。周りは海で真っ暗でよ、なんにもありゃしなかったぜ」

「変ねえ、なんかひっかかるわよ。その船を停めたのはどの辺りなの」

「洲崎弁財天のある辺りかなあ。一面萱が生い茂っていて、後は材木置場だけなんだぜ」

「何考えてるのかしら、江頭って」

「読めねえ男だよなあ」

「あのね、あたしの方は今日も女房の千景の後をつけたのね、どこへ行ったかっていうと、たぶん伜の友だちの所ね。おなじ御家人の屋敷よ。秘密にするようなことじゃないってのに、変に秘密めかしてんの。そうしたら撒かれちまった」

「おめえに気づいたのか」

「そうかなあ、いえ、そうは思えないわ。でも、結構警戒してるみたい。表立った動きはともかく、千景の思惑がなんとなく伝わってくるのね。焦ってるような、苛ついているような」

　直次郎が舌打ちする。

「なんかなあ、おめえの話ははっきりしたものが何もねえじゃねえか。おれみてえに屋根舟を見つけてくるとか、そういう形のあるものをつかんでこいよ」

　お夏は「ふン」と言って鼻で笑い、

「直さん、朝ンなって明るくなったら、弁財天の辺りにあたし行ってみる。どうしても気になるの」

「そりゃ構わねえけど」

「なんとかしなくっちゃ、ここいらでなんとかするのよ」

みずからを鼓舞して、お夏が言った。

三

その料理屋は薬研堀界隈の奥にあり、鎮守の森の横手にひっそりとした佇まいを見せていた。

こんな所に料理屋があるとは誰も思わないだろうから、甲子郎は奇異な感がした。背後に立った織部、忠弥、逸平、東馬らもおなじ感想を抱いたようだ。

「甲子郎殿、ここでよいのですか」

織部が不安げに聞いた。

「間違いはない。ほれ、軒行燈にも嶋屋とあるではないか。ご家老殿よりそのように言伝を受けた」

門前の軒行燈に確かに『嶋屋』とあった。

だが料理屋らしい賑わいは、なかから伝わってこない。

「しかしそのご家老殿にはわれらは一度も会っておりません。ご老中青山下野守（あおやましもつけのかみ）様より密命を受けたと申すは、確かなことにござるな」

不安を拭い切れない織部がさらに言う。

「左様。ご老中様にはわしも会ってはおらんが、江戸家老小堀弾正（こぼりだんじょう）殿より内密の申し入れがあり、わしはそれを受けた。ゆえに然（しか）るべくして皆で人足に身をやつし、佐渡への道中に出立したのだ」

「しかし今になってこのような所へわれらを呼び出し、宴（うたげ）を持つというのがどうにも解（げ）せんのです」

織部が食い下がる。

すると忠弥も疑念を呈（てい）し、

「宴席の趣旨がはっきりしませんな、甲子郎殿。江戸家老殿は延べ棒を盗むように甲子郎殿に頼んだ。しかしわれらはそれが果たせずに忍びとして忸怩（じくじ）たる思いでいます。そんなわれらに馳走をするというのが、解せないのです」

甲子郎は持て余して、

「まあ、そう生真面目に考えるな。延べ棒の件はともかくとして、これよりわれらにほかの頼み事があるのやも知れまい」

逸平が仲立ちするように、

「甲子郎殿が申されておるのだ。疑念は疑念として、今宵は何も考えずに馳走になったらよかろう」

「おれも逸平に同意だな。近頃は貧乏暮らしで馳走などに与ったことがない。うまい酒が飲みたいではないか」

彼ら流れ忍びを雇うのは武家者と決まっているが、こんな馳走を受けることは滅多になかった。戦国の世の習いでいえば、雑兵並の扱いが妥当なのだ。

甲子郎が押し切り、四人を連れて嶋屋へ入った。玄関先に年増の女が待っていて、一同を奥へ案内する。どの座敷からもやはり賑わいはなく、ひっそりしている。

広い座敷に通されると、すでに膳が整えられていて、美酒佳肴が並んでいた。疑念を呈していた連中もそれらに目を奪われ、何も言わなくなった。

店の者はすぐには現れず、甲子郎が指図して、

「遠慮せずにやってくれて構わんと、ご家老に言われておる。さっ、料理が冷めぬうちに馳走に相なろうぞ」

一同が箸を取って酒肴に向かった。

織部が声を落として甲子郎に言う。

「ご家老がお見えになられたら、お手当ての方を多少なりとも頂きたい。そのように話して下さいますか、甲子郎殿」

「左様、皆が手元不如意(ふにょい)でござってな、干上がる寸前なのです」

東馬が言った。

四人が視線を交わし、静かに苦笑を漏らした。

「わかっておる。わしとておなじなのだ」

「どうか、よしなに」

逸平が一礼して言った。

そうこうするうち、座のなかから「うっ」と異様な呻(うめ)き声が上がり、それが次々に伝播(でんぱ)して男たちの体勢が崩れ、箱膳を引っ繰り返し、畳に伏す者が続出した。

「あっ、どうした」

甲子郎が色を変え、烈(はげ)しく取り乱し、一人一人に駆け寄って介抱(かいほう)にかかった。だが織部たちは顔色を蒼白にし、口も利(き)けぬほどに苦悶(くもん)し、すでに死相(しそう)を表している。料理に一服(いっぷく)盛ってあったのだ。

ご家老の来着を気にして、料理に箸をつけなかった甲子郎だけが助かったのだった。

殺気をみなぎらせた無数の足音が、廊下を走って来るのが聞こえた。

甲子郎は鞘ごとの刀を取って立ち、座敷を飛び出した。逃げ道の見当はついていた。甲子郎とてここは初めてだが、来た時に玄関脇に舟入りの間があるのを目にしていたのだ。

甲子郎が消え去るのと同時に、広間の方から留(とど)めを刺される絶叫が聞こえた。

「一人逃げたぞ」

刺客の声を背に、甲子郎は舟入りの間へ飛び込み、姿を消した。

最後に見せたその表情には、並々ならぬ憤怒(ふんぬ)が滾(たぎ)っていた。

四

翌日の空はどんより曇ってうす暗かった。

お夏は単身で洲崎弁財天へ来ていた。おなじ深川だし、黒江町からなら舟を仕立てるほどのことはなかった。

冷たい海風を受けながら、お夏は目を細めて辺りを見廻した。

一面に萱が生い茂り、無数の材木がぎっしり並んで海に浮かんでいる。人けはなく、直次郎が言ったように人家も皆無だ。聞こえるのは海鳥の鳴き声だけである。

材木の上に飛び移り、少し歩いてみる。

こんな所へ江頭は何をしに来たのか。その理由があると思った。なければ来るはずもない。

お夏の目がふっとあるものを捉えた。

萱の茂みの向こうに、屋根のようなものを見たのだ。苫屋らしい。

（そんな……）

萱を掻き分け、そっと近づいて行った。ぐらぐら揺れる材木の上だけに、不安定でお夏は冷や冷やしている。

苫屋に近づき、様子を窺った。

年寄の咳きがひとつ聞こえた。

（人がいる）

警戒を強めながら声を掛けた。

「もし、どなたか」

反応がなく、もうひと声掛けてみた。

するとつるんとして、人が好さそうな面相の老爺が現れた。樵夫のような身装だ。

それがお夏を見るや、柔和な笑みを浮かべた。

「なんじゃな」

「あ、いえ、ちょっと道に迷ったもので。入船町はどっちですか」

思いつきを言ってみた。

老爺は顎で一方をうながし、

「こっちじゃねえよ」

「そうですか、すみません、深川は馴れないものですから」

老爺は笑顔のまま、お夏を見ている。

それ以上何も聞けなくなり、お夏はぺこりと頭を下げて行きかけた。

「お爺さんはここにお独りでお住まいなんですか」

一応聞いてみた。

「そうじゃよ」

「余計なことかも知れませんけど、お寂しくありませんか」

「いいや、世捨て人じゃからな、なんとも思わんな」

「そうですか、世捨て人さんですか」

「寄ってくかね、茶ぐらい出すぞ」

「いえ、結構です、それじゃ」

直次郎が来た時は夜だったし、萱の茂みで苫屋は見えなかったのだろうと、お夏は見当をつけた。

少し行って振り返ると、老爺はもう苫屋のなかへ入っていた。

（なんなの、あのお爺さん。やさしいようにも見えるけど、食えない感じもするわねえ）

五

目の前に積まれた五百両を見ても、江頭は茫洋（ぼうよう）とした表情を変えなかった。

その江頭を、お蓮と銀蔵が食い入るように見ている。

本所石原町（いしはらちょう）にある貸席だ。

「どうでえ、言い値の五百両だ。文句はねえだろ。念願の延べ棒を渡して貰おうかい、江頭さんよ」

銀蔵が脅しつけるように言っても、江頭は顔色ひとつ変えず、

「気が変わった、どうかな、もう百両乗せてくれんか」

　とんでもないことを言いだした。

　お蓮と銀蔵が気色ばむ。

「そりゃどういうこってすね、江頭さん。人が折角調達した金じゃ気に食わないと。五百両はおまえさんが言った金高なんだよ。道理が通らないじゃありませんか」

　お蓮が感情を抑えて言う。

「元々無理も道理も通らぬ話ではないか。人の気持ちは変わる。百両がないのならこの件はなしだ」

　五百両には目もくれず、江頭は立ちかけたが、皮肉な笑みになって座り直し、

「ひとつ聞きたい」

　お蓮も銀蔵も黙っている。

「値千両の延べ棒、手にしたらどう捌くつもりだ。そうおいそれと引き受け手はいないと思うが」

「はン、おまえさんが心配するこっちゃないだろ。蛇の道は蛇さね。それよりこの期に及んで百両の上乗せはないんじゃないのかえ。事を荒立てたくないから、すんなり引き渡しておくれな」

「事情が変わったのだ。上乗せをしてくれ」

「ふざけるな、この野郎」

銀蔵が怒髪天を衝き、匕首を抜いて襲いかかった。

その腕を座したままで難なく捉え、江頭は銀蔵を組み敷く。一瞬の早業だった。

お蓮が目を見張る。

「わたしを舐めるでないぞ。金のため、危険を承知で飛び込んだのだ。おまえたち如きに屈してなるものか」

「くそっ、くそっ」

銀蔵が足掻いて地団駄踏む。

「およしよ、どうやらこの人は只者じゃなさそうだ」

お蓮が銀蔵を諫めておき、やや余裕を取り戻した顔になって、

「おまえさんの言葉にはいつも裏があるようだね。いったい何を考えているんだい。

この際だ、腹を割っとくれな」

「おれがおまえたちを信用すると思うか」

「ここまで来たんだ、信用しとくれな」

江頭が黙っているので、お蓮はジレて、

「あたしたちを裏切るんなら只じゃ済まないよ。かみさんと子供二人、無疵じゃいらんないね。いいのかい、それでも」

「子供たちは不憫だな」

「かみさんならどんな目に遭ってもいいのかい」

江頭はそれには答えず、

「この件には雇い主がいる」

お蓮が思わず膝を乗り出した。

「そいつの命令でやったことなのかい」

「初めはな」

「それをあんたが欲を出して、一人占めしたってか？　そういうことなのかい」

江頭は否定も肯定もしない。

銀蔵が口を開いて、

「だったらおめえさん、雇い主にすんなり延べ棒を渡さねえとやべえことになるんじゃねえのかい。どんなに強くったってよ、後ろからぶすっとやられたらおしめえだろうが」

「わたしが闇討されて延べ棒を取られたら、雇い主の正体が白日の下に晒されることになっている。敵はそれを知っている。ゆえにみだりに手は出せんのだ」

「誰なのさ、雇い主は」

お蓮が江頭に迫った。

「知らぬ方が身のためだな。また会おう」

江頭が立ち上がって行きかけた。

「ちょいとお待ちよ、もうあたしたちと会うこともないんじゃないのかえ。図星(ずぼし)だろう」

お蓮がぶつけた。

「いいや、まだ縁を切るつもりはない。もしやということもある。事はおまえたちの方へ転がるかも知れんぞ」

江頭が立ち去ると、お蓮と銀蔵はその真意を計りかねて考え込んだ。

「お頭、あの男ばかりは手に余るぜ」

「そう見せてるだけで膝が震えてるかも知れないよ。けど畜生、このあたしを手玉に取るなんて。どうしたらいいんだい」

叩きつけるようにお蓮が言った。

答えは得られなかった。

六

甲子郎は忍びだけに、随所に隠れ家を持っていた。

その一軒、浜町河岸の長屋は誰にも知られておらず、あの夜以来、そこに身を潜めていた。表向きの生業は飴売りということになっている。

雇い主に裏切られ、仲間を殺され、今も尚刺客が狙っているかも知れないと思うと、表にも出られない。

（うぬっ、どうしてくれよう）

このままで済む道理がなかった。

朝から酒を飲み、鬱々とした思いでいた。

油障子に人影が差し、何者かがこっちの様子を窺っているのがわかった。

とっさに枕屏風の陰に隠した長脇差を手に取り、身構えた。

「誰だ」

誰何すると、戸を開けて入って来たのは織部だった。疵つき、汚れたままの姿だ。

「おおっ、お主」

織部はすばやく家のなかへ入り、戸に心張棒（しんばりぼう）をかって甲子郎の前に座した。

「甲子郎殿、どうにか難を逃（のが）れましたぞ」

「一太刀、二太刀浴びせられたのではなかったのか」

「ほんのかすり疵でした。わたしは忠弥たちと違い、飲み食いに卑しくないのです。しかしほかのみんなは、討ち死にを。こんな無念はありません」

「そうか……」

甲子郎は沈痛な面持ちになってうなだれ、

「すまん、元はといえばこのわしが……責めはわしが負う」

「こうなった上は、甲子郎殿を責めてもなんの得にもなりません。仇討（あだうち）をしてやりましょう」

「仇討……」

「丹波篠山（たんばささやま）藩青山家江戸家老小堀弾正の素（そ）っ首（くび）を討つのです。老中が何ゆえ延べ棒を奪い取ろうとしたのか、それも知りたい」

「織部、よくぞ申してくれた。わしは一人生き残り、復讐を考えていたところだ」

織部がうなずき、

「しかしそれにしても、江頭三千蔵はどう絡んでくるのですか」

「わしも道中気づかなんだが、奴も家老の小堀になにがしかを言い含められていたと、今ではそう思うている。延べ棒が横取りされ、徒目付に化けて皆で奴を問い糾しに行ったのはそのためなのだ」

「では延べ棒はやはり江頭が持っているのですか」

「ほかに考えられまい」

「では家老の小堀は、口封じにわれらを襲ったのですね」

甲子郎はうなずき、

「織部よ、仇討をしようぞ、仲間三人の。その上で延べ棒を手に入れるのだ」

「売り捌くのですか」

「戦国の御世ならいざ知らず、この泰平の世でわれら忍びが生きてゆく道はほかにない。一生を貧者で送るか、成金となるか、返答致せ。わしは成金でも一向に構わんと思うているぞ」

七

昼下りのお夏の家で、お夏と熊蔵が向き合っていた。

「調べてきたぞ、お夏」

「うん、聞かせて」

「材木置場のぼろ家に住みついている爺さんは徳三といって、もう十年以上もあそこにいるらしい」

「生業は何をしてるの」

「はっきりしねえんだが、使い走りみてえなことをやってるとか」

「それじゃ食べていけないでしょ」

「どうやら昔を持ってるみてえだぜ、徳三爺さんは。おれもちらっと見に行ったけど、なんてことのねえ人にしか見えねえがな」

「どんな昔なのよ。自分から世捨て人って言ってたけど、修羅をかい潜ってきたとは思えないわよ」

「わからねえぞ、人ってもんは」

「家族はいないの」

「木場の連中もそんな話は聞いたことがねえと。女房に逃げられ、子供にも捨てられたのかも知れねえ」

「それって、負けっぱなしの兄さんの人生そのものじゃない」

「言ってくれるな、おい。人間てな、今が幸せならそれでいいんだ」

「えっ、幸せなの、兄さん。いい人でもできた？」

熊蔵は目を泳がせ、

「つまらねえことを詮索するんじゃねえ。たとえ兄妹でも聞いちゃならねえこともあらあな」

「ふうん、あ、そう」

お夏は話を元に戻して、

「それで、肝心な話はどうなの？　同心の江頭と徳三はどこでつながるの」

「知るかよ、そんなこと。後はおめえがやるこった」

熊蔵が出て行くと、お夏は茶を淹れて黄粉餅を食べる。

(なんか捨て去れないのよねえ、あの爺さんは。ひっかかってならないわ)

そこへひょっこり直次郎が入って来た。

「おや、直さん、今日は朝からどこ行ってたの。この時刻、江頭はお勤めをしているはずよね」

「奴をつけ廻すのは少し休むぜ」

「どうして」

「江頭ってえ小役人のことをずっと考え直していたんだ。元は火盗改めに籍を置いていたんだよな」

「そう聞いてるけど」

「それが烏天狗のお蓮に十手を奪われてお役を外され、佐渡奉行河合様の配下になった。そうこうするうちに、延べ棒を運ぶお役を仰せつかった」

「うん、それで」

「元々の江頭の素性を知りたくなったのさ」

「小役人なんだから大した素性じゃないはずよ。どこをどう調べるってえの」

「隠れてることがあるんじゃねえかと。佐渡奉行に仕えるにゃ、それなりの旨味があると思ったのかも知れねえだろ」

「いくら遡っても、これまでと違うことは出てこないと思うけど。まっ、いいわ、直さんの好きなようにして」

　お夏がそう言うと、直次郎は黄粉餅にじっと視線を注いでいて、

「それ、おれの好物なんだ」

「えっ、あっ、そうだったの、御免、あたしだけ食べて」

　お夏が慌ててもう一人分をこさえる。

直次郎は口の周りに黄粉をつけて食べながら、「うめえ、うめえ」を連発した。

お夏は表情を和ませ、

「お国表で食べていたのね」

「ああ、よっく母上に作って貰った。父上と天守に並んで、城下を眺めながら食ったもんだぜ」

「お大名の奥方でも黄粉餅なんぞ作るの」

「特別さ、おれの母親は。お高く止まってねえってことよ」

「一度会ってみたかったな」

「それを言ってくれるなよ」

今は亡きふた親を思い、直次郎の目が少し湿った。

こんな時、お夏はうなだれて、神妙にしているのである。

八

薬研堀の料理屋の前に立ち、甲子郎は徹頭徹尾騙(だま)されたおのれを知り、愕然(がくぜん)となった。

店に灯りはなく、嶋屋の軒行燈も取り外されている。人の気配もない。踏み込んでも無駄と思うが、そうせずにはいられなかった。

玄関から家のなかに荒々しく押し入り、次々に座敷を見て行く。やはりがらんとして無人だ。あの夜、迎えに出た女は何者だったのか。

仲間が斬殺された座敷へ来て見廻すと、きれいに畳替えされていた。一味が組織立ったものであることを実感する。

そこへ織部がやって来て、甲子郎の背後に立った。近隣の聞き込みに行っていたのだ。

「甲子郎殿、ここは半年前から空家だったそうです。繰綿問屋が別宅として使っていたのですが、身代限りとなって手放したとか」

「さもあろうな。まんまと一杯食らったぞ。謀略を見抜けなかったのだから、忍びとして恥ずべきだ。こんな間抜けな話はない」

甲子郎が暗い声で言い、恥辱に唇を嚙みしめた。

織部は決意を新たにし、

「甲子郎殿、残った道は只一つ、筋違橋にある篠山藩上屋敷へ忍び入り、江戸家老小堀弾正殿の素っ首を」

「うむ、許せるものか。この足で参ろうぞ」

甲子郎が血の滲むような表情になって言った。

篠山藩上屋敷は筋違橋近くにあり、四千五百余坪を擁していた。

主が老中であり、六万石の大名なのだから、これだけの広壮な屋敷の規模は至極当然だ。

甲子郎と織部は黒装束に身装を変え、裏門から忍び入った。

時刻は夜の四つ（午後十時）だから、屋敷のなかは静まり返っている。

二人して天井裏を這って進み、江戸家老の居室らしき座敷の真上へ辿り着いた。天井板をズラして覗き見る。座敷は初め無人だったが、ややあって家臣と思しき数人が入室して来ると、一人の老武士を中心にして、何やら談合を始めた。

家臣たちが「ご家老」と呼ぶ人物を見て、甲子郎はまたしても愕然となった。

人品骨柄卑しからずの老武士は、甲子郎が会ったのとはまったくの別人であった。

それが恐らく、本物の江戸家老小堀弾正と思われた。

「甲子郎殿」

織部が押し殺した声で囁いた。江戸家老をどこで仕留めるか、決断をうながしているのだ。

「違う」

「はっ？　違うとは」

織部が奇異な目で甲子郎を見た。

「わしの会った江戸家老ではない。あそこにいるのが本物の小堀弾正殿であろうぞ」

怒りで声を震わせ、甲子郎が言った。


二人は上屋敷を出て、夜道をさまよい歩いていた。

「ここまで虚仮にされるとは思ってもいませんでしたな、甲子郎殿」

「ああっ、もう何もかもが……わしはどうしたらよいのじゃ。教えてくれ、織部よ」

甲子郎が慨嘆する。

「探すしかありますまい。ここは偽の江戸家老を見つけ出して、留めを刺さねば。なんぞ手掛かりはございますまいか」

甲子郎は苦しいような顔で首を振り、

「もはやなす術はない。何もできん」

織部が深い溜息をつき、

「言っても詮ないことですが、雨月殿が生きていれば知恵を授けてくれたかも知れませんな。あの御方は類稀な知恵者でござった」

「うむ、うむ、そうなんじゃ。雨月は如何にも忍びらしく、権謀術数に長けていた。誰も思いつかぬことを考え出す男であった。まっことあ奴が生きていれば、頼りになったものを……」

そこで何かが閃き、甲子郎はハッとした顔になり、

「わしに考えがある。お主もつき合え」

「はっ、どこへなりと」

二人が歩を速めたその時、闇を切り裂くようにして手槍が飛来してきた。

それがもろに織部の背を刺した。

「ぐわっ」

叫んだ織部が仁王立ちになった。

闇のなかから無数の刺客が現れ、襲撃してきた。刺客たちは小袖に野袴をつけた姿で、自在に動けるように袴の裾を脚絆で縛りつけている。大振りな大小刀を差し、両腕に巻きつけた手っ甲は鎖や鉄条の織り込まれた筋金入りだ。恐らく小袖の下には鎖帷子も着込んでいるに違いない。厳重に防備されたその装束は、まさに忍びの戦闘服

だった。

「お逃げ下され」

織部が甲子郎を庇って忍び刀を振るうも、さらに四方から手槍で刺された。

「は、早く、甲子郎殿」

甲子郎も応戦しながら後退し、

「すまん、織部」

「仇討を、頼みますぞ」

切なる声で織部が言う。

その織部を見ながら、甲子郎は身をひるがえした。脇腹から夥しい出血をしていた。

「ち、血止めをせねば……」

果てなき闇を走りながら、甲子郎は焦って念じていた。

九

老年のその男は根岸又五郎といい、火盗改めの同心を長年勤め、今は隠居の身となっていた。

鶴のような痩身の根岸を見るに、初めは気難しい年寄かと思ったが、なぜか直次郎と馬が合い、胸襟を開いてくれた。

根岸を探し出し、両国橋の大川端で趣味の釣りをしているところへ近づいて行き、ずばり「江頭さんのことで聞きてえことが」と言って、身分は岡っ引きということにした。

根岸は何も疑わず、釣道具をしまうと、行きつけの西両国の小料理屋へ直次郎を連れて行った。

「わしの行きつけじゃが、払いはそっち持ちだ。よいか」

「へい、ようござんす」

夜の帷が下り、巷には紅燈が灯っている。

小座敷へ上がって、二人で酒を酌み交わすうち、「江頭の何が知りたい」と根岸の方から言ってきた。

「素性でさ」

「ふむ、そうか」

「江頭さんは盗っ人に十手を盗まれて、お役御免になったんですよね」

「左様、それで佐渡奉行の方へ身を転じたのだ。その後のことは知らんがの」

「火盗にいた頃、手柄の方はどうでしたか」

「切れ者であったぞ、奴は。剣は直心影流（じきしんかげりゅう）の腕前ゆえ、賊どもに引けを取るようなことはなかった。いつも褒めそやされていた。それがなぜ、十手まで盗まれることになったのか、まったくわからん」

剣に関しては江頭は直次郎と同門だったものの、同心として切れ者とは初めて聞いた。

「家柄も代々同心なんですかい」

「それは……」

難しい顔になって、根岸が言い淀んだ。

「なんぞ？」

「奴は元々武家ではないのだ」

「ほう、武家じゃねえとは……だったら百姓か町人の身分で、同心株を買って成り上がったとか。そうなんですかい」

「まっ、そんなところであろう。本人も詳しいことは言わなんだ。伝え聞くところでは、母親は小花（こはな）という名の吉原（よしわら）芸者だったとか」

直次郎は目を丸くしてみせ、

「驚きだな、それは大出世じゃねえですか」

「今の嫁の千景殿が江頭に惚れ、父親に頼んでそうなったようじゃ。確かな話ではないがの」

今ではその夫婦仲も怪しいものだった。

「江頭さんはお役に忠実な同心だったんですかい」

「うむ、裏の顔でもあれば別じゃが、わしらの目にはきちんとしておったぞ」

根岸は直次郎の酌を受けながら、

「奴に何か疑いでもあるのか」

「いえいえ、そうじゃねえんで。裏の顔とはどういうことですね」

「火盗改めをやっていると、悪党どもから誘いがくる。目溢しを願ってな。それを聞いていると、袂は重くなるが立場が危うくなる。奴がそうだとは言わんがの」

恐らくそういうことがあったのに違いないと、直次郎は心算する。

「小花ってえ江頭さんの実の母親は、まだ生きていなさるんで？」

「死んだとは聞いておらんがの」

「さいで」

「奴はどうしている。佐渡奉行のお役は務まっているのか。奉行の河合殿は先だって亡くなられたと聞いたが、何があったんじゃ」

根岸は延べ棒の盗難に関しては、何も耳にしていないようだ。幕閣としても、その件は口外法度にしているに違いない。

根岸に礼を言い、小料理屋を出て、直次郎は一人夜の町へ出た。

これから吉原へ行き、江頭の母親を探し出そうかと思っていると、背後に気配がした。

何気なしに振り返ると、誰もいない。そぞろ歩く人波は無縁の衆生ばかりだ。

(妙だな……)

再び歩を進めるうち、どこからか声が聞こえてきた。

「黒猫殿」

ギクッとした。

(ええっ、またかよ)

雨月に話しかけられた時と、まったくおなじだった。

鋭く見廻しても、それらしき人影はない。

「どこにいるんでえ、雨月さんのお仲間なのかい」

足許を見ると、血溜りができていた。

それも雨月の時とおなじだった。

「どこだ、どこにいる」

直次郎の声に呼応するように、離れた所で黒い影が走った。

直次郎が追って駆けた。

影は路地裏に飛び込む。

そこへ辿り着くと、甲子郎が血に染まって身を屈めていた。

「おめえさん、雨月さんのお仲間なんだな」

甲子郎がうなずき、息も絶え絶えに、

「やっと見つけた。お主のことは雨月から聞いていた。延べ棒の件を話し、助力を仰いだそうな。そうであろう、黒猫殿」

「そうだ、その通りだぜ。すべてはそっから始まったんだ。けど黒猫殿ってのはよしてくれよ。怪我をしているのかい」

「刺客にやられた」

直次郎が甲子郎に身を屈め、着物をまくって疵口を調べながら、

「こいつぁひでえな」

「敵も忍びのようであった」

「奴らの正体は」

「篠山藩江戸家老を名乗っていたが、真っ赤な偽者であった。そ奴にまんまと乗せられ、佐渡からの人足に化け、江戸へ着到して延べ棒を盗む命を受けた。しかしそうはゆかず、延べ棒はほかの者に奪われた」

「あんたを手に掛けたのは誰なんだ」

「今も申したように得体の知れぬ忍びの連中だ。そ奴らがわしらの口封じを。口惜しゆうてならん」

「いいか、雨月さんのことがなけりゃ聞く耳持たねえんだが、行き掛かり上知らん顔もできねえ。おいらにつかまりな、医者へ連れてってやるよ」

「いいや、もういかん。目が見えなくなってきた。雨月からお主のことを聞き、今こうして追い詰められ、再び願いを。頼む、一味を暴いてくれ」

「おいら確かに黒猫だが、人助けを生業にしているわけじゃねえんだ。もっとちゃんとした話を聞かせてくんな」

「も、もういかん……頼む、頼む……」

　言いながら、甲子郎は絶命した。

直次郎は甲子郎の死を確認すると、暗然とした思いで立ち上がり、神妙に両の手を合わせた。

十

吉原芸者小花は、名前だけは可憐だが、もはや六十歳に垂んとする老婆であった。

だが口も躰も達者で、訪ねて来た直次郎に早口でまくし立て、辟易とさせた。

「江頭三千蔵だって？　知らないよ、そんな侍は。家を間違えてるよ。どうしてあたしがお武家と知り合いなのさ。そこまで落ちぶれちゃいないよ、おとといお出で」

侍と知り合いなのがなぜ落ちぶれたことになるのか、直次郎にはわからない。

そこは蔵前の置屋で、小花の仕事は吉原に呼ばれ、歌舞音曲を披露する芸者である。

恐れをなすように見せかけながら、直次郎は銭を包んだ紙をすばやく小花に握らせて、

「小花姐さん、そうカリカリしなさんな。こちとらおめえさんの罪科をどうこう言いに来たわけじゃねえんだ。ちょいと聞きてえことあるだけなんだよ」

芸者は表向き売色が禁じられているから、罪科といえばそのことに尽きる。しかし夜鷹ならともかく、今の小花がそんなことをしているとは思えない。

「あたしの罪科ってなんだい。岡っ引きのおまえさんにとやかく言われる筋合いはこれっぽっちもないよ」

直次郎はここでも偽岡っ引きを名乗っていた。

「ある筋から仕入れた話でな、おめえさんが江頭さんのおっ母さんだってことはわかってるんだ」

「…………」

小花が急に黙り込んだ。

「おれが知りてえのは、おめえさんが産んだ江頭さんがなんだって同心になれたのか。その経緯なんだよ」

「帰っとくれ」

つっけんどんに言う。

「都合が悪いのか」

「言いたくないんだ、その話は」

小花は横を向く。

「どうして。だって悪い話じゃねえんだぜ。おめえさんが芸者をやりながら伜を立派に育て上げ、同心にまでした。同心株を買うには何百両ってえ金がかかるんじゃねえのか。工面するのがてえへんだったろ」

「言いたくないって言ってんだろ」

「聞くまでおいらけえらねえぜ」

「勝手におしよ。あたしゃ今からお座敷なんだ。こんな年までまだ口がかかるんだから有難いものさね」

当てつけがましく、小花は荒っぽい仕草で身支度にかかる。

直次郎は不貞腐れて膝小僧を抱えた。

そうして小花は吉原へ仕事に出掛け、二刻（四時間）ほどして三味線を手に帰って来ると、直次郎はまだいた。

「呆れるよ、おまえさんにゃ」

小花がつくづく呆れる。

「すまねえ、酒も飯も頼んで居心地よかったぜ」

小花が根負けの溜息をつき、直次郎の残り酒を飲む。そしてぽつりと言った。

「あの子はあたしの産んだ子じゃないのさ」

直次郎が座り直し、聞く態勢になった。

「へっ？　捨て子だったとか」

「その通りだよ」

「ええっ、そんな」

予想もしないことだった。

「冬の寒空にさ、お厩河岸(うまやがし)に捨てられてあった。お蚕(かいこ)ぐるみでもなんでもありゃしない。あの子は薄物のべべ着て、震えて泣いてたんだよ」

「親の残した紙切れもなかったのかい。この子を頼みますとかなんとか、ふつうはそういう時書くもんじゃねえのかい」

小花は首を横に振り、

「どんな親なのか想像もつかないね。でもこれも何かのご縁だと思って、あたしゃ自分の子として育てたんだ。その頃のあたしゃ売れっ子で忙しかったから、もう大変だったよ」

「このこと、本人には告げたのかい」

「十年ほど前に明かしたよ」

「その時、江頭さんはなんと？」

「何も言わなかった。元々言葉の少ない子だから、胸の内はあたしにもわからないねえ」

「そうだったのかい。有難う、小花姐さん」

「なんでおまえさんに礼を言われなくちゃいけないのさ。あの子は今はもうあたしの手を離れて立派にやっている。そうだろ」

「あ、ああ、そうさ」

「なんであの子のことを調べてるんだい。それを明かしとくれな」

「すまねえ、今はまだ何も言えねえんだ。おめえさんが打ち明けてくれてどれだけ助かったか、言葉もねえ」

「確かに腹を痛めた子じゃないけど、七、八年子供のあの子と暮らしたよ。いい思い出だった。もしあの子に何かあったら、このあたしが承知しないよ。罪を犯したんならあたしが被（かぶ）ってもいいんだ。そこんところ、わかっとくれ」

小花はうなだれ、小さな声で嗚咽（おえつ）し、肩を震わせている。口では突っ張っていても、小花なりの親心は持っているのだ。

その肩にそっと手を掛けて慰め、直次郎は礼を言って置屋を出た。

蔵前の通りを歩く。

捨て子とわかった時、江頭三千蔵はどんな思いがしたのか。その件がその後の江頭の人生に翳を落としていることは確かなようだ。そこから心がねじ曲がったか。いずれにしても江頭は深く疵つき、大それたことを考えるに至った。

そう思うのが尋常だが、しかし人の心の内はわからない。

その時、ハッと忘れ物を思い出した。

小花の部屋で飲み食いした勘定を、払ってなかったのだ。

「こいつぁいけねえ、男が廃るぜ」

つぶやいて引き返した。

置屋へ戻ろうとし、そこで足が止まった。

玄関口で小花と何やら話し込んでいた男が、険しい目でこっちを見た。直次郎と視線が合った。偶さか小花に会いに来たのに違いない。「あの人だよ」と言って小花が直次郎を指している。江頭だった。

「おい、待て」

江頭が直次郎に言った。

とっさに直次郎は身をひるがえした。

江頭は猛然と追って来る。

蔵前の大通りへ来ると、江頭は人目も憚らずに抜刀し、直次郎を追撃せんとする。

人々の叫ぶ声が聞こえ、振り向く直次郎の背に白刃が閃いた。

「危ねえ、よせってんだよ」

松の大木を盾にして、直次郎が江頭と対峙した。

「なぜわたしのことを調べる、貴様は何者なのだ」

「調べられて悪いことでもしてんのかよ、それなら話は別だがな」

「おのれ、貴様」

江頭が執拗に刀を振るい、直次郎は懸命に逃げる。

そのうち野次馬が集まってきた。

直次郎は月代(さかやき)を伸ばした遊び人体(てい)で、江頭は黒羽織の同心姿だから、誰が見ても分(ぶ)が悪い。わけがわからぬまま、野次の声も直次郎を非難している。

「畜生、こいつぁよくねえや」

三十六計逃げるに如(し)かずとなった。

足は直次郎の方が速かった。

途中で追うのをやめ、江頭は直次郎の後ろ姿を睨んだ。

第五章　黄金の謎

一

強引に帯を解かれた時、千景は虚脱して抗うのをやめにした。

相手は若造三人の無頼漢どもで、二の腕や胸板に入れ墨が覗き、面相も兇悪だった。敵う道理はない。

三人は千景を取り囲んで転がし、着物の前を割り、凌辱を始めた。三人の魔羅は勢いよく怒張し、青筋が立っている。それが容赦なく烈しく動き、止まるを知らない。

乳房を揉まれて吸われ、女陰を開かされ、唇を奪われた。めくるめく魔の時は永遠につづくかと思われた。

隣室にお蓮と銀蔵がいて、落花狼藉の一部始終を酒を飲みながら眺めている。

「くうっ……ああっ……」

遂に千景の口から喜悦(きえつ)の声が漏れた。

お蓮がにんまりと悪意ある笑みを浮かべ、銀蔵と見交わすや、膝で寄って来て底意地悪くほざいた。

「喜んじゃ駄目じゃないか。武家女の操(みさお)はどうしちまったんだい。見も知らない男どもに身を委(ゆだ)ねて、それでこの先立ち行くのかえ」

千景は目を閉じたまま首を左右に振り、お蓮の声を遠くに聞いている。無頼漢どもの動きは止まらない。

お蓮に話があると呼び出され、向柳原(むこうやなぎわら)の小さな料理屋に来て、そこで千景は騙(だま)されたことに気づいた。店の二階を貸し切りにしておき、お蓮は手下三人に千景を襲わせた。叫ぶことも、騒ぐこともできなかった。

初めは抵抗し、お蓮の頬を張り、千景が逃げようとすると、無頼漢どもが襲って来たのだ。

お蓮がほざきつづける。

「騒ぎを起こしたら只じゃ済まないよ。人を呼んで、あんたが男どもを手玉に取ったことにしてやる。それだけじゃない。素っ裸にして表を歩かせてやる。大恥掻いたあんたは生きちゃいらんなくなるだろ。子供たちを呼びに行ってもいい。おっ母さんのあさましい姿を見ることになって、子供たちは死にたくなるかも知れないねえ」

殺意さえ覚える千景に、お蓮は勝ち誇った顔で言い放った。

「それが嫌なら例のものの隠し場所を白状するんだ。そうすりゃ八方丸く収まるんだよ」

事が終わると、三人は黒子のように静かになり、銀蔵のそばへ行って酒を飲み始めた。

お蓮が責め立てる。

「さあ、どうするね。お言いな」

千景は青い顔で身繕いを済ませ、お蓮を睨み据えて、

「なんて悪婆（悪女）なの。芯から性根が腐っているのね。可哀相な人。きっと地獄へ堕ちるわ」

「あはっ、御託は聞きたくないね。はっきりしておくれよ。白状するのか、しないのか」

千景は追い詰められ、烈しく逡巡していたが、やがて観念してお蓮の耳許にあることを囁いた。

お蓮の目が光った。

「そりゃ本当なのかえ」

千景が無念そうにうなずく。延べ棒の隠し場所を吐いたのだ。

「よし、わかった、あんたはもう帰っていいよ」

千景は無言で、逃げるように出て行った。

「わかったのかい、お頭」

「ああ」

銀蔵にうなずいておき、お蓮は四人をうながして料理屋を出た。

一方、お夏は一階の店土間(みせどま)で張り込んでいて、五人が立ち去るのを見澄まし、後を追った。

二階へは上がれないから、何が起こったのかは知る由(よし)もないが、尋常ならざる事態であることは察しがついた。

五人は向柳原から両国橋を本所へ渡り、足早に行く。

もう日は西に傾きかけていた。

五人がどこを目指しているのか。お夏は深川であるような気がしてならない。千景から何かを聞き出したことは事実らしく、五人は目当てのある足取りだ。

お夏は少なからず緊張している。

その時、荒々しい足音が後方から聞こえ、お夏はとっさに素知らぬ振りをして身を隠した。

甲子郎や織部たちを葬（ほうむ）った刺客団が浪人の姿になり、殺気をみなぎらせて五人を追って来たのだ。

人家が途絶え、人影もない道で刺客団は五人に襲いかかった。

「なんだい、おまえさん方は」

お蓮が吠えれば、銀蔵も怒号して、

「てめえら、誰の差し金（がね）だ」

刺客団は何も答えず、白刃が兇暴に閃（ひらめ）き、無頼漢どもが次々と血祭りに挙げられる。

銀蔵はお蓮を庇って長脇差を振るい、必死で逃げを打った。

刺客団が追う。

お夏もしんがりを走った。

土地勘のあるお蓮がごみごみとした町屋のなかに逃げ込み、銀蔵をうながして路地に消えた。

刺客団がしゃかりきで追跡する。

気がつけば、深川木場に来ていた。

お夏が立ち尽くして見廻す。

お蓮と銀蔵、刺客団の姿は一人残らず消えている。

その時、苫屋からひょっこりと徳三が出て来た。

「おや、どうしなすったね」

にこやかに徳三は言う。

「あ、いえ、すみません、なんとなくここへ来てしまいました」

「そうかね」

今日はお茶を勧めてくれない。

「また今度ゆっくり」

「ああ、いいよ。気にせんでくれ」

お夏が身をひるがえした。

そうして木場を後にして少し行ったところで、お夏はハッとなって立ち止まり、振り返った。

徳三の姿は苫屋に消えていた。

その徳三のあることに、お夏は気づいたのである。

二

「そいつぁどう考えてもおかしいぜ」

お夏から報告を受けた直次郎が言った。

阿弥陀長屋のお夏の家だ。

外は夜で、二人はお夏のこさえた煮込みうどんを啜っている。

「江頭の女房は、お蓮てぇ女に呼び出されて向柳原の料理屋にへえったと」

確かめるように直次郎が言う。

「そう、二階の座敷を借り切って何やら密談を始めたのね。それにはお蓮の手下みたいな男たちが四人、同席していた。つまり烏天狗の一味だと思う。その五人と江頭のおかみさんはかれこれ半刻（一時間）近く話し込んでいたのよ」

「なんだかうさん臭えな、いよいよ延べ棒事件が動き出したんじゃねえのか」

「うん、あたしもそんな気がする。でもね、肝心な話は別にあるの」

「なんだよ、早く言えよ」

直次郎がうどんの汁を啜りながら言った。

「腕がないのよ」

「はあ？　なんの話をしてるんだ」

「おんぼろ小屋に住んでる徳三って父っつぁんのこと、前に話したわよね」

「ああ」

「最初見た時はそんなことなかったけど、今日会ったら右腕がなくって、片袖がぶらついていたのね」

「ど、どういうことだよ」

直次郎が素っ頓狂な声を出す。

「あたしにもわからない。ともかくおなじ人のはずが、二度目に会ったら片腕がなくなっていたのよ」

その話をどう解釈していいのか、直次郎にもわからない。

「おい、しっかりしてくれよ、お夏。最初に会った時にあった片腕がどうしてなくなってるんだ。そんなことがあるものかよ」

「どういうことが考えられる？　直さん」

直次郎は腕組みして考え込み、

「変な風に考えるなよ。片腕をふところにしまっていただけかも知れねえじゃねえか」

「違うわね、そうじゃない」

「じゃ、なんだってんだ」

「わらからないわよ、だから聞いてんじゃない」

お夏が苛(いら)つく。

「うむ、その父っつぁん、おめえに悪戯(いたずら)をしてるとは思えねえしなあ」

「あたしはね、突飛(とっぴ)なことを考えついたの」

「ジラすなよ、言ってみろ」

「ううん、今は言えない。確かめてみないとうっかりしたことは口にできない」

「だったらおめえ、どうするつもりだ」

「あたし、明日から徳三爺(じい)さんを見張ってみる。そうしないではいられないわ。ひっかかってならないのよ」

三

深川木場は富岡八幡宮から以東の広い地域を言い、東から北へかけて縦横に掘割をつけた一帯を指す。筏に組まれた材木が一面に浮いた有様は壮観である。元より甚だしい湿地帯だけに住むには向かず、元禄の頃より材木問屋の材木置場となった。ゆえに木場という。

掘割に囲まれ、それでも木場町、入船町、油堀や仙台堀の河岸町など町々はある。その油堀に三軒長屋があって、二軒はすでに人が住んでおらず、一軒に貧しい親子が居残っていた。

父親は弁介三十五歳、伜与一は十二歳で、明日をも知れぬ零細な日々を送っている。弁介の仕事は材木商に雇われ、木材を動かす時に人足の手伝いをする。与一もそれを手伝っている。仕事は毎日あるわけではなく、働いてもわずかな賃金しか貰えない。与一の母親は早くに他界し、ずっと父親と二人だけで暮らしてきた。食うものもろくに食えず、親子はいつも空きっ腹を抱えているのだ。

弁介に後添えを貰う甲斐性はなく、風采も上がらず、見栄えのしない男だからひっそりと地道に暮らしている。だが与一の方は鳶が鷹で、少年ながら凛々しい顔立ちなのだ。

与一は近頃になって、弁介には内緒で秘密を抱えていて、それを父親に言いだせないでいた。その秘密というのが、何やら怖ろしいことに思えてならないからだ。

与一にはお松という幼馴染みがいて、年は一つ下だが、しっかり者だ。おなじ油堀にある森田屋なる仕出屋の娘で、その縁から、お松は家の者に隠れて料理の残りを与一にくれることになっている。それで弁介親子は随分と助かっている。

その日も与一が河岸に所在なくしゃがみ込んでいると、お松が竹皮包みを抱いてやって来た。

「暫くぶりね、元気にしてた？」

お松が与一を気遣って言った。この数日、二人は会っていなかった。

「いつもと変わりはねえ」

「よかったら、食べる？」

ものをくれる時、お松はいつもそう言う。竹皮包みには握り飯が三個入っている。

「あんたのお父っつぁん、どうしてる。この間会った時風邪気味だったわよね」

「もう治った。病気なんかしてる身分じゃねえんだ、おれたち親子は」

「そんなことないわよ。弁介おじさんに何かあったら大変じゃない。あんた、生きていかれなくなっちゃう」

「おれぁ生きてくさ、独りでもな」

与一は強がりを言うが、お松は苦笑混じりに首を傾げ、「どうかしら」と言う。

弁介は今日は材木問屋の人足頭に呼ばれ、出掛けていた。久しぶりに仕事が貰えそうなのだ。

その時、風に乗ってチーンと侘しげな鉦の音が聞こえてきた。

向こう岸を早桶を担いだ貧乏人の葬列が行くところだった。鉦は参列者の一人が叩いたものだ。

お松はそれを見て居住まいを正し、その場から深々と拝んだ。

「苗売りの仙造さんの野辺送りよ。ゆんべぽっくりお亡くなりンなったの。うちのお父っつぁんもこれから手を合わせに行くわ」

お松は森田屋の近くに住む苗売りが亡くなったことを言っている。

「仙造さんならおいらも知ってらあ、気のやさしいいい人だったよな」

「そういう人ほど早く逝っちまうのよ」

「おいらまだ早桶なんぞに入りたくねえぜ」

「うふっ、あんたは大丈夫よ」

　早桶という名は、すぐ間に合うというところから付けられたようだ。古墳時代は寝棺(ねかん)が当然とされていたが、この頃はすべて坐棺(ざかん)なのである。死人(しびと)が出れば火屋(ひや)（火葬場）へ運ばれ、時を置かずして焼いてしまう。火屋の内は深さ一尺ほどの穴が掘ってあり、なかに太い薪(まき)が並べられ、そこへ死人を投げ込み、隠亡(おんぼう)が火を付けて焼くのだ。隠亡とは火葬を生業(なりわい)とした男たちのことだ。

　ところが与一の様子を見たお松が、奇妙な表情になった。

　与一は葬列から目を逸らし、頑(かたく)なにうつむいて、震えているように見えたのだ。お松にはわからないが、与一の視線はなぜか早桶に注がれていた。

「どうしたの、与一ちゃん」

「なんでもねえ」

「とむらいが嫌なの？」

　与一は何も言わない。

「変な与一ちゃん」

「放っといてくれ、おいらのことは」

　怒ったように言う。

お松は仕方なく立ち上がり、

「それじゃ、また来るわ」

「あ、ああ……」

「心配なことでもあったら、このあたしに相談するのよ」

姉のように言い残し、お松が行きかけた。

「お松」

お松は歩を止めて与一を見た。

「お結び、すまねえ」

「いいのよ」

頬笑んでうなずき、お松は去る。

与一はそっと葬列の早桶を見送るや、子供ながらもおぞましげな顔つきになっていた。

四

洲崎弁財天の近くに江島橋があり、そこにぽつんと一軒の煮売酒屋があった。

煮売といっても大したものはなく、蛸や烏賊、里芋などを煮込んで肴にして出しているだけだ。客が五、六人も入ればいっぱいになるような手狭な店で、こめかみや首筋に膏薬を貼った小柄な婆さんが一人でやっている。

昼夜を分かたず客の姿はまばらで、場所柄いつも閑散として、海鳴りだけが聞こえているような店だ。

「ああっ、うめえ。昼酒は応えるねえ」

徳三が茶碗酒を飲みながら言った。この時の徳三にはきちんと両腕があった。

袖を鳶にした婆さんが突っ立って眺めながら、

「どうしたのさ、徳三さん、ご機嫌じゃないか。なんぞいいことでもあったのかい」

「なんもねえよ、こんな年でいいことなんてあるわきゃねえ。今日は海が穏やかだから、こっちの気分も明るくなるのさ」

「ふうん、そうかい。ところでさっきあんたに客があったんだよ。会ったかね」

「どんな客だね」

徳三が目をしょぼつかせて言う。

「あんたにふさわしくない客さ。刺々しい目つきの中年増の女と、無宿もんみたいな人相の悪い男の二人だった。男の方は左の頬に刀傷があったね」

「そんな手合いにゃ心当たりはねえなあ」

「あっ、来やがった。戻って来たよ」

婆さんが表を見て慌てると、開け放たれた油障子からお蓮と銀蔵がぬっと入って来て、徳三の近くの床几に掛けた。

「徳三さんだね」

お蓮が言った。

「ああ、そうだよ」

「ちょいとあんたに話があるんだ」

銀蔵が婆さんに銭をつかませ、奥を貸してくれと言う。

婆さんが承諾すると、銀蔵が徳三をうながし、お蓮と共に小上がりから奥へ収まった。

「酒はいいよ、放っといとくれ」

お蓮に言われ、婆さんは奥へ引っ込んだ。

「徳三さん、あんた悪事に加担しているね」

「へっ？」

いきなりそんなことを言われ、徳三はまじまじとお蓮を見て、顔を怯えさせて落ち

着きを失い、

「な、なんの話をしているのやら……おいらにゃわけがわからねえな」

「フン、惚けるのかい。大それたことしてるくせしやがって。江頭の旦那とはどういう関係なんだい」

徳三は動揺している。

「そんな人は知らねえよ」

とたんに銀蔵が凄む。

「惚けるんじゃねえ。金の延べ棒十本を預かっているはずだ。どこに隠してやがる。さっきおめえのぼろ家を調べてみたが、そんなものはなかった。おめえに預けたと、江頭の女房は言ってるんだよ」

「おらんちを調べたんなら得心がいったろうによ。そんなもの預かってねえし、そっちの間違いに決まってらあ」

「それじゃ埒が明かないじゃないか。今日は手ぶらで帰るわけにゃいかないんだよ」

「そ、そう言われたっておめえ、知らねえものは知らねえし、おらにゃなんの覚えも。金の延べ棒なんかを持ってたら、あんなぼろ家で暮らしてるわきゃあるめえによ」

「あんたが誰かに預けてあるとかさ、いろいろ考えられるね。正直にお言いな」

徳三が憤然となって、

「おれぁけえるぜ。こんな茶番につき合ういわれはねえんだ」

二人を振り払うようにして小上がりを飛び出し、徳三は店の外へ出て行った。

「お頭」

「あいつのぼろ家へ行ってかたをつけてやろうじゃないか。お出で、銀蔵」

お蓮が銀蔵をしたがえて後を追った。

徳三は苫屋に戻ると戸締りをし、家から出て来なくなった。

そこへ木場人足が数人やって来て、材木の吟味を始めた。怪しまれるとマズいので、お蓮と銀蔵は表をぶらつくふりをして機会を待つことにする。

それらの一部始終を、離れた場所から直次郎とお夏が見ていた。二人は煮売酒屋での双方のやりとりを忍んで聞いていたから、興味津々だ。

「おい、あの父っつぁんが悪党とはとても思えねえぜ、お夏よ。なんかの間違いじゃねえのかな」

直次郎の言葉に、お夏も納得で、

「どう見ても善人よね、あのお爺さんなら。でもお蓮と連れの男は、江頭のおかみさんから延べ棒の有場所を聞き出している。それが嘘っぱちとは思えないわ」

「ああ、それにおめえ、今日の徳三爺さんにゃちゃんと腕があるじゃねえか」

「そこをつかれるとあたしも申し開きがつかないわ。でも信じてよ、前に見た時、あの爺さんの片腕がなかったのは本当なんだから」

「さっぱりわからねえな、おめえの話は」

その時、木場に闖入者（ちんにゅうしゃ）があり、居合わせた全員の目が注がれた。

それは与一で、徳三の苫屋の様子を仔細ありげに窺（うかが）っていたが、皆に見られているとわかるや、慌てたようにその場から離れて行った。

「なんだろ、あの子。なんぞ曰（いわ）くがありそうだわ」

お夏の不審に直次郎が答え、

「おめえはここにいてくれ、おれぁちょいと行ってくらあ」

木場から離れた要橋（かなめばし）の袂まで逃げるように来た与一が、直次郎に呼び止められた。

「よっ、待ちな」

与一は立ち止まるが、顔を伏せている。

「おめえ、あそこへ何しに来やがった」

与一は何も言わない。

「海を見に行っただけだ」

「嘘つけ、おめえは海なんか見てなかった。徳三爺さんの家になんの用だ」

与一はいきなり逃げだした。

直次郎が難なく追って肩をつかみ、

「おれに用心はいらねえ。人に言えねえ秘密でもあるのか。それなら言ってみろ」

「そんなものねえ、離せ」

直次郎を振り払い、与一は足早に行く。

「怪しいガキだな、おめえって奴は。徳三爺さんに文句でもあるってか」

つけ廻しながら、直次郎が言った。

「あんた、どういう人なんだ」

与一が疑念を見せて言う。

「まあ、その、おれぁお上(かみ)の手伝いをしてる人間なんだ」

いつもの嘘も方便だ。

与一はギクッとしたように直次郎を見て、

「お上の人なのか」

「おい、返答しろい」

「おめえを縛るつもりはねえから安心しな」

「あそこの爺さんのことを調べてるのか」

「ああ、そんなところだ」

「ふうん、そうか。やっぱりそうか」

「なんのことを言っている」

「早桶を見たんだ、おいら」

「早桶だと？」

「あの家の真下に早桶が吊るしてあるんだ」

とんでもない告白に、直次郎が驚きの目を剝いた。

「なんだと？　そいつぁどういうことなんでえ」

「一月以上前のことだ。おいらが木場のあの辺をぶらついていたら、何人かの男たちが早桶を担いでやって来た。人相のよくねえ連中だった。そいでもって、大掛かりに早桶に太縄を括りつけて海の底に沈めやがったのさ。早桶のなかにゃ死げえがあるに決まってんだろ。おいらそれを見てから怖ろしくて怖ろしくて、夜もろくに眠れねえ」

直次郎は押し黙って考え込んでいる。

「どうした、岡っ引きの兄さん」

「………」

「おいらにゃ解せねえことだらけでよ、どう見たって人の好さそうなあの爺さんがそんな悪事に手を貸してるとは思えねえんだ。そうじゃねえか」

「おめえ、秘密を守れるか」

直次郎の言葉を、与一は覚悟で受け止めるようにして、

「この話をしたのは兄さんが初めてだ。お父っつぁんにも言ってねえよ」

「それじゃもう少し黙っていてくれねえか。こいつぁおめえのためでもあるんだ」

命を狙われるかも知れない、とは言えなかった。

「よくわからねえな」

「いいからよ、おれとおめえの男の約束だ」

「どうしよっかなあ」

与一は迷う。

「守れるか、守れねえか。二つにひとつしかねえぜ」

直次郎の勢いに呑まれ、与一はたじろいでいる。

それから二人は名と所を打ち明け合った。

「黒江町の阿弥陀長屋ってのがおれの住まいだ。名めえは直次郎、直さんでいいぜ。わかったな」

こくっと与一がうなずいた。

五

「どうだ、これでやってくれねえか」

直次郎が差し出す一両小判を、岳全と捨三は一度は手にしたものの、自信なげに見交わし合って、

「この真冬の海に入るとはのう……」

岳全が言えば、捨三も、

「寒稽古じゃあるめえし、心の臓がぶったまげてひっくりけえるんじゃねえのか」

「ああ、わしゃ自信がないぞ」

「一両は喉（のど）から手が出るほど欲しいがよ、直さん、けれどこいつぁできねえ相談だぜ」

「わしも同意じゃよ」

二人がオズオズと小判を返した。

夕暮れの阿弥陀長屋の直次郎の家で、住人全員が集まっていた。

直次郎は小判を財布へ戻し、熊蔵と政吉を見て、

「おめえさんたちもおなじかい」

目の前に座した熊蔵と政吉もうなずき、

「正気の沙汰じゃねえやな、この寒いのに木場の海へ飛び込むなんてできっこねえぜ」

熊蔵の言葉に、政吉も同意で、

「いくらおいらが向こう見ずでも、海にへえること考えただけで縮みあがらあ」

すると一同の視線がお夏に向けられた。

お夏はぞっとし、目をパチクリさせて、

「冗談じゃないわ、女のあたしに素っ裸になって海へ入れってのの？　いい加減にしてよ、みんな」

お夏が非難の目で一同を見返した。

直次郎は失望して、

「直さんのためならたとえ火のなか水のなかと、おめえさん方ならそう言ってくれる

と思ったが、そうはいかねえか」

「事と次第によるぜ」

　捨三が言うと、岳全もうなずき、

「まだ死にたくないからのう」

「わかった、もう無理は言わねえよ」

　諦める直次郎に、お夏が膝を詰めて、

「で、どうする？　直さんが潜(もぐ)るの」

　直次郎がうなずき、

「おれがやるっきゃねえだろ。もし早桶ンなかに延べ棒が隠されていたら、お手柄ってことにならあ」

「誰かの死げえだったらどうするんだ」

　これは熊蔵だ。

「そんなことはあり得ねえ。死げえだったらそこいらに捨てておしめえのはずだ。こいつぁきっと延べ棒だぜ、間違いねえ」

　確信を持って直次郎は言う。

　その時、油障子の外で物音がし、全員が見やった。

「おう、誰かいるのかい」

直次郎の声に、そろりと戸が開いて与一が顔を覗かせた。

「あっ、おめえ。聞いてやがったな」

直次郎が言う。

「すまねえ、そんなつもりはなかったんだけどよ」

そう言って与一は、土間へ入って来ると、

「直さん、あんたおいらに嘘ついたな」

「な、なんのこったい」

「お上御用だなんて嘘っぱちもいいとこじゃねえか。聞いて廻ったら、直さんは遊び人だと言われたぜ」

直次郎が一同に目配せすると、全員が口を噤んだ。

「その通りだ。嘘をついてすまねえ。けど悪いことをしてるつもりはねえんだ、与一よ。これにゃいろいろとわけがあってな」

「いいよ、詳しく知りてえとは思ってねえ。それで、どうする。爺さんのぼろ家を調べるのか」

直次郎がうなずき、

「おめえだって気に掛かってしょうがねえだろ。おれもすっきりしてえのさ」

「わかったぜ、手を貸すよ」

お夏がびっくりして、

「手を貸すったってあんた、冷たい海ンなかに入らなくちゃいけないのよ。いくら子供で元気がいいからって、無茶言わない方がいいわよ」

「止めてくれるなよ、姐さん。おいら木場っ子なんだぜ。ふつうの子と違わあ」

与一が大見得（おおみえ）を切った。


早くもその日の夜、直次郎と与一は木場の海へ入った。

満月が凪（な）いだ海を照らし、材木群は静まり返っている。海へそろりと足を入れると、悲鳴を上げそうなほどに冷たかった。

お夏、熊蔵、政吉、岳全、捨三が遠巻きにして見守っている。お夏と熊蔵は布団を抱え込んでいる。

徳三の苫屋は火が消えて真っ暗だ。

「でえ丈夫か、直さん」

与一が直次郎を心配する。

「おめえに言われたくねえぜ。そっちはどうでえ」

「冷たくって歯の根が合わねえ。けどおいら男だからな」

「そうよ、その意気だ」

二人は静かに泳ぎ、徳三の家のそばまで来て、ざぶんと潜り込んだ。

ところがあにはからんや、与一が言うような早桶は吊ってなかった。

「おい、早桶なんぞねえじゃねえか」

直次郎が与一の耳許で言う。

「おかしいな、おいら確かに見たんだけど」

早桶はこの一月余の間に、どこかへ移動したとしか考えられない。

二人は早々に引き上げ、お夏たちの所へ戻った。全員で二人の躰を晒し木綿で拭いてやり、頭から布団を被せる。

「火を焚いときゃよかったな」

熊蔵が言う。

「よせやい、内輪でやってることなんだぜ。誰かに見咎められたらどうするんでえ」

直次郎が言っておき、

「ああっ、また振り出しに戻っちまったか。この一件ばかりは、なんでこううまくゆかねえのかなあ」

「めげないで、直さん、折角ここまでやってきたんじゃない」

お夏に励まされるも、直次郎はすっかりめげて、

「そりゃそうだけどよお……」

情けない顔になってうなだれた。

その直次郎にお夏が寄って、耳許で囁く。

「直さん、しっかりして。あたしたちは天下の黒猫様なのよ。負けちゃいけないの」

六

翌朝、木場の近くで井戸を借りている家があり、徳三はそこで米を研いでいた。

笊を抱えた直次郎がやって来た。

「父っつぁん、蜆はいらねえかい」

蜆売りになりすまして言った。徳三本人に直に当たり、人となりを探るつもりである。

徳三は直次郎に振り返り、

「おほっ、新顔だな。蜆売りってな子供の仕事と決まっているけど、兄さん珍しいじゃねえか」

「なかにはこういうひねたのもおりやすぜ。頼んます、買って下せえ」

「おれぁ独りもんだから、少ししかいらねえぜ」

「結構でさ」

直次郎がそばにあった小鍋に蜆を移す。江戸の蜆は深川で獲れたものが多く、容易に手に入った。剝き身ではなく、貝殻つきだ。

「父っつぁん、木場は長えんですかい」

「かれこれ十年てとこよ」

「なんぞわけでも？」

「そんなものねえさ。海が好きだからここに居ついたんだ」

「そうですかい」

「兄さんどっから来なすった」

「黒江町でさ。おいら直次郎と言いやす」

「なんでえ、おんなじ深川か」

「八幡様なんぞで会ってるかも知れねえですね」

「どうかなあ、人込みにゃあんまり行かねえからなあ」

「父っつぁんのお名めえは」

「徳三よ」

「親兄弟は」

「もういねえよ、こんな年じゃ」

徳三は少し警戒を滲(にじ)ませて、

「あんまり詮索するなよ」

「こいつぁ失礼を致しやした」

徳三は曖昧な笑みを浮かべ、

「らしくねえな、おめえさん」

「只の蜆売りでさ」

「じゃそうしとこう、幾らだね」

「今日はいいです、縁つなぎってことで」

「そいつぁすまねえ」

直次郎は徳三から離れ、少し行って振り返ると、徳三の様子を窺った。

徳三は蜆の入った笊と研いだ米の笊を二つ重ねにして大事そうに抱え、苫屋の方へ去って行った。なんの変哲もないその姿は、只の老人であった。

おなじ頃、お夏の姿は木場の自身番にあった。

そこの呂九平という家主に、徳三のあることを頼んでおいたのだが、この返事がなかなかこず、お夏の気持ちを苛つかせていた。それがわからないと前へ進めないのである。

今日になってようやく自身番から使いが来て、お夏は勇躍して出掛けた。

「なんぞわかりましたか、家主さん」

若いお夏に、老齢の呂九平は答える。

「面白いことがわかったよ」

手にした人別帳をお夏に見せ、

「これは他町のものでうちのじゃないんだけど、こうして写しを取ってきた。木場に住む徳三さんて人は以前は浅草の方にいたんだ。浅草の黒船町さ。知ってるかい」

「いえ、とんと。どんなことがわかりましたか」

詳しい事情など話してなく、お夏は呂九平に大家をやっている今の身分を証し、幼い頃に別れたおじさんを探しているのだと、核心をぼかして伝えてあった。

「どうやら徳三さんはあんたのおじさんじゃなさそうだ。浅草真砂町の生まれで、若い時分は仕事を転々としたようだが、三十を過ぎる頃に黒船町に釣具屋を持った。それがなんとかうまくいって、世間からも認められるようになったようだ」

「その徳三さんが、どうして木場に住むことになったんでしょう」

「さあ、わけとなるとわからないねえ。本人に聞くしかないだろう。人別帳にはそこまでは書いてないよ」

「はあ、そりゃそうですよね。徳三さんのお身内はどうですか」

「不思議なことに一度もかみさんを貰ってないんだ。だから子供なんぞもいるとは思えない。木場に住み着くようになったのは、十年前ってことになっている。寂しい境涯じゃないか。あんたとは赤の他人かも知れないが、どっかで情けをかけてやらないかね」

「へえ、それはまあ……家主さん、すっかりお世話になっちまって」

「待ちなさい、まだ話は終わってないよ。実は妙なことが」

「はい、なんでしょう」

お夏は呂九平の顔を覗き込んだ。

そのお夏に呂九平は重大なあることを囁いた。

やがて自身番を出て、考え事をしながら歩いていると直次郎と出くわし、お夏は駆け寄った。

「直さん、徳三さんと話したのね、どんな人だった」

たがいの行動は打ち合わせ済みだった。

「ありゃどう見たってちゃんとした人間よ。江頭夫婦なんぞと関わりがあるとはとても思えねえや」

「直さん、実は妙なことがわかったのよ」

「なんでえ、どうしたい」

「あたしね、あの徳三爺さんには双子の兄弟がいるんじゃないかって思っていたの」

「それだな、おめえが考えていたことってのは」

お夏がうなずき、

「本当だったのよ、それが」

直次郎が表情を引き締めた。

「どうやってわかった」

「木場の自身番で調べて貰ってたの。そうしたらついさっき、徳三さんには徳兵衛っていうお兄さんがいることがわかったのよ。旧い人別帳に載っていたわ」

「悪さをしてるのはその兄貴ってことかい」

「うん、そうみたい」

「どこにいるんだい、兄貴ってのは」

「わからない。たぶん縁を切ってるんじゃないかしら。だって世間に隠してるってことはそういうことでしょ」

「片腕がねえのは兄貴の方なんだな。けどここいらでおめえはその徳兵衛に会っている。てえことは、深川に来てるんだぜ」

「そうね。本当の兄弟仲はともかく、兄貴は弟を頼っているのかも知れない」

「そんなことはおくびにも出さねえで、徳三は徳兵衛を迎え入れてるんだ」

「闇よね、兄弟は闇を抱えているんだわ。きっとそうよ」

七

湯気の立った強飯（赤飯）に荒塩をぶっかけ、お蓮があぐらをかいて貪り食っていた。

行き当たりばったりに入った本所二つ目の一膳飯屋だ。お蓮は行く先々で飯屋に飛び込むと、強飯を食べることを習いとしていた。貧しい子供時代から好物であり、憧れだったのだ。

そこへ血相変えた銀蔵が駆け込んで来た。

「お頭、一大事でさ」

「なんだい、どうしたのさ」

「手下どもが次々にやられてるんで」

「誰に」

「得体の知れねえ連中です」

お蓮は飯を仕舞いにし、辺りをすばやく見廻して、

「おまえの言ってることはわけがわからないね。いったいどこの誰があたしらに手を出すってんだい。そんな奴らのいるはずが」

「いるんでがすよ、お頭。ともかく隠れやしょうぜ」

「何言ってるんだい、この臆病者（おくびょうもの）が」

それでもお蓮は手早く身支度を整え、店に銭を払って外へ出た。銀蔵がついて来る。

「どこでやられたのさ、手下どもは」

「それが、あっちこっちの町の辻やなんかでして。みんな不意を食らって血祭りに。刺客どもは浪人もいればやくざ者もいて、つかみどころがありやせん」

「見知った顔はいないのかえ」

「へえ、一人も。お頭もあっしも、これだけ悪行を重ねてくるとどこの誰やら。江頭だとしたら正面から来るでしょうから、たぶん別口じゃねえかと」

「ふン、なんだか胸がざわついてくるじゃないか」

「ともかく向島に隠れやしょうぜ」

銀蔵が言ってお蓮の袖を引き、河岸を下りて二人して無人の舟に乗り込んだ。

銀蔵がぐいっと舟を漕ぎ、岸辺を離れる。

うららかな日がそこいらに当たり、のどかである。

「銀蔵」

「へい」

「たとえ何があろうと、あたしゃ延べ棒は諦めないよ。わかってるね」

「むろんでさ。あっしだってこの手に延べ棒を抱いて夢を見てえんだ」

「その通りだよ」

ギイ、ギイ……。

前から舟が流れて来て、二人の形相が変わった。

舟には殺気を剥き出しにした浪人が五人乗っていて、二人の舟に近づいて来るや、一斉に抜刀して飛び移って来た。

舟が烈しく揺れる。

「逃げて下せえ、お頭」

銀蔵が匕首を抜き放ち、お蓮を庇って応戦した。浪人たちの白刃が閃き、銀蔵を鱠のように斬り裂く。

「ああっ、ううっ」

銀蔵が絶叫を上げ、血汐を噴いてドボンと川に落下した。

「あっ、銀蔵」

銀蔵はそのまま浮かび上がってこない。

「くそっ、畜生」

お蓮が匕首を振るい、浪人の一人を切って川に飛び込んだ。残りの浪人たちも川に飛び込む。

お蓮は必死で泳ぎ、逃げた。泳ぎはお蓮の方が達者だった。みるみる浪人たちを引き離し、向こう岸へ辿り着いて這い上がった。

そこで浪人たちを見返り、その顔触れを刻み込むようにし、

「おまえたちの顔は忘れないよ、この仕返しはきっとするからね」

捨て科白（ぜりふ）を残し、逃げた。と見せかけ、お蓮は物陰に飛び込み、ぎりぎりとした目で浪人たちの様子を窺った。銀蔵に死なれたことは断腸の思いだった。

やがて岸辺に上がった浪人たちが引き上げて行くと、お蓮が姿を現し、油断なく後を追った。浪人の刺客どもなど、怖くもなんともなかった。

八

「逃げられたか、烏天狗に」

徳兵衛が目の前に畏（かしこ）まった浪人たちに、苦々（にがにが）しい口調で言った。徳兵衛と徳三は双子の兄弟ゆえに瓜（うり）二つで、違いといえば徳兵衛に右腕がないことだ。

そこは深川海辺新田に近い大きな家で、常日頃から徳兵衛が住居として使っていた。

徳三が住む木場とは目と鼻の距離だ。

「しぶとい阿魔（あま）です。次はかならず仕留めますぞ」

浪人の一人が言い、徳兵衛は「うむ、頼むよ」と答えて財布から数枚の小判をつか

み出し、無造作に放った。

それに浪人たちが群がり、おのおの小判を手にして座敷を出て行った。

煙草に火をつけ、徳兵衛は紫煙を燻らせて沈思黙考していたが、

「誰かいるのか」

気配に気づいて隣室に声を掛けた。

唐紙が静かに開き、黒頭巾に黒羽織姿の役人然とした武士が入って来た。落ち着いた様子で徳兵衛の前に座す。

「何しに来たね」

武士が頭巾を外した。それは江頭三千蔵であった。

「お父っつぁんは相変わらず阿漕だ」

徳兵衛を「お父っつぁん」と呼ぶ江頭は、実子なのである。

「何を言うんだ、みんなおまえのためにやっていることじゃないか」

「嘘もいい加減にしろ。頼んであんたの子供になったわけではないよ」

「不肖の伜がよく言う科白だね」

「それより延べ棒はどこに隠した」

「要り用なのか」

「あれはおれのものだ」

「宝の持ち腐れだろう。おまえが持っていたって捌けないはずだ。悪いようにはしない。もう少し預けておきなさい」

「おれはあんたを信用してないんだ。いつ寝首を掻かれるか知れたものじゃない。もう縁を切ったんだからね」

「そう簡単に切れるもんじゃないよ、親子の縁なんて」

「それは尋常な父親の言うことだ。あんたは違う。躰中に冷たい血が流れているのさ。だから油断はしてないよ」

　徳兵衛は押し黙って聞いている。

「そもそも延べ棒の件を一番最初に伝えたのはこのわたしじゃないか。それをねじ曲げて横取りしようなんて、お父っつぁんの考えることはいつも阿漕だ。恐れ入るよ。しかも阿漕なのはそればかりじゃない。延べ棒をめぐってどれだけの人の血を流せば気が済むんだい」

　徳兵衛が突然呵々大笑した。

「きれいごとを言うもんじゃないよ。延べ棒を一旦あたしの手に委ねておきながら、おまえはそれをまた取り戻した。あの強欲な女房と組みながらね。だからこっちもやり返したのさ」

「今はどこにあるんだい」

「無事な所に隠してあるよ。おまえに横取りされないためにさ」

江頭が膝を詰めて、

「お父っつぁん、後生だからあれを返してくれないか」

「ふン、都合のいい時だけお父っつぁんか。言っとくが、もう徳三の所には置いてないんだ、探しても無駄さ」

「徳三さんは何も知らないのか」

「おい、徳三に何かしたらあたしが承知しないよ。あれにはなんの関わりもないんだからね」

江頭が冷笑を浮かべ、

「徳三さんのことになるとお父っつぁんはそうやって懸命に庇うけど、いったいどういう兄弟なんだい。叔父と甥の関係でいながら、わたしはあの人とは口も利いたことがないんだ」

「それでいい、二人は他人同然なんだよ」

会話はそこで途切れた。

江頭が席を立った。

「このままじゃ済まないよ、お父っつぁん」

「何を考えている、おまえは」

「わたしの頭のなかにあるのは延べ棒を取り戻すことだけさ。買い手が見つかったんだ。どんな手を使っても取り返すつもりだよ」

言い捨て、江頭は出て行った。


翌日、十本の延べ棒は徳兵衛のところから消えていた。

徳兵衛は黒い腹のなかを怒りで充満させ、凝然と動かないでいる。

(くそったれが、このあたしを怒らせるつもりなのか。そうなったらどんなことになるか、思い知らせてやってもいいんだぞ)

暗黒街を支配しているこの男が、烈しい怒りをみなぎらせた。

九

「そ、そんな、嘘だろう……」

煮売酒屋の膏薬婆さんが、信じられないものを見た顔になり、思わずたまげた声を上げた。

奥の小上がりで徳三が独り酒をやっているところへ、もう一人徳三が現れたからだ。

婆さんは徳兵衛に会うのはこの日が初めてだから、驚くのは当然だった。

「あんた、徳三さんの兄弟なのかい」

婆さんがうわずった声で聞いた。

「そうだよ、あたしたちは双子でね、あたしは兄の方なんだ」

「そうだったんですかい」

婆さんは衝撃を隠せないでいる。

「兄さん、深川へは来ないって約束だったじゃないか。なんぞ急な用件かね」

徳三が屈託なげに言う。

徳兵衛は徳三の前に座して向き合うと、

「いろいろとね、世間が騒がしくなってきたんだ」

「例のものならあたしの所にはないよ。問い詰めたって無駄さ」

徳兵衛が目を据え、

「どこに隠した」

婆さんに聞こえないように言った。

徳三ははぐらかすように笑って、

「どうしたんだい、また急に。いつだって何事が起こっても落ち着き払っている兄さんらしくないよ」

「そうかも知れないが、今はそれどころじゃないんだ。どこに隠したのか言ってくれれば、あたしが取りに行くよ。なあ、教えとくれ、徳三」

徳三はそれには答えず、ジラすように酒徳利を弄(もてあそ)んでいる。

徳兵衛が迫った。

「おい、徳三、あたしを裏切るつもりじゃあるまいね、ええっ？　そうなのかい、どうなんだ」

「あたしが兄さんにそんなことするわけないだろう。悪事まみれで生きているから、実の弟にも疑いの目を向けるんだね」

「おまえが考えているほどあたしは悪いことはしてないよ」

徳三がせせら笑って、

「兄さんは浪人どもを雇って、人殺しや脅しを働いて生きてるじゃないか。それがどうして悪いことはしてないと言えるんだい。あたしは何もかも知ってるんだよ」

「江戸の裏通りで生きて行くには泥を呑むことだってあるさ。そんなことはいいから
どうだろう、折り合ってくれないかい」

懐柔(かいじゅう)の声になって言った。

「あんたの伜が来たよ」

不意に徳三の口から思ってもいない言葉が飛び出し、徳兵衛は驚きの顔になる。

「なんだって」

「今まで話の上だけで会ったことはなかったけど、なかなか頼もしい男じゃないか。

あれが兄さんの片腕を斬り落としたんだね」

徳兵衛は押し黙る。

「どうしてそんなことになったんだい。怒らなかったのかい」

「怒ったさ、その時は。けどあいつが怒るのも無理はなかったんで、あたしは赦(ゆる)すことにした。徳三や、親子のことに口を出さないでくれないか」

「ああ、そうかい。じゃもう何も言わないでいるよ」

「伜はなんだっておまえに会いに来たんだ。いつから通じ合っていたんだね。それを聞かせておくれ」

「言わないよ」

「どうしてだ」

「男と男の約束さね」

「何を約束したんだい、徳三」

「帰ってくれないか、これ以上何も話すことはないよ」

「お、おまえ……」

徳兵衛は疑心暗鬼の目を向け、

「二人で手を組んだわけじゃあるまいね。そうだったら承知しないよ」

「考え過ぎだ、兄さん。叔父と甥が名乗りを挙げ合っただけさ」

徳三は徳兵衛に背を向け、酒に戻ると、

「かあっ、もうたまらないよ。昼酒は五臓六腑に染み渡るねえ」

惚け通す腹のようだ。

徳兵衛が怒ったような足取りで行きかけると、徳三が「兄ちゃん」と呼び止めた。

昔の呼び名に、徳兵衛はギクッとなって歩を止める。

「虫けらは嫌だねえ」

徳兵衛が振り返った。

「虫けらだと？」

「もの言えぬあいつらは気の毒だ。人間どもに訴えたいことがあっても、ひ弱な声で鳴くばかりなんだ。あたしゃどこで生まれてどこへ行くのか、聞きたいのかも知れないってのにさ、それをわかってやれない人間は愚かだよねえ。そう思わないかえ、兄ちゃん」

徳三はわけのわからないことを言う。

徳兵衛は冷めた目で弟を見ると、

「変わらんね、おまえって奴は。いつもそうだ。なんの役にも立たないことを考えて、おまえこそ愚か者なんだ。ふン、埒もない」

言い捨て、立ち去った。

徳三は謎めいた笑みを浮かべている。

十

与一の父親の弁介は腰の低い男で、ましてや伜が世話になっているとわかるや、直次郎に精一杯の誠意を見せた。

「伜に目を掛けて下すって、お礼の言葉もござんせん。あたくしで役に立つことがありやしたら、なんなりと」

　そこは直次郎の家で、お夏、与一、お松を前にして弁介はそう言った。

「それなんだが、与一ちゃんの話によると、弁介さんはここいら深川の桶屋を知っていなさるとか。早桶のことを聞きたいんですよ」

「へえ、それなら矢車屋じゃないかと思いやすね」

「どこにあるんだい、店の評判は」

「深川の相川町にございやす。評判は悪くございやせん。矢車屋はふだんは日用品の桶類をこさえておりやすが、ひとたび早桶の注文が入るとあっという間に作っちまいやす。それはもう見事でございやして。矢車屋ではお寺さんの水桶、茶の湯の桶、鮨桶なんぞもこさえておりやすね。酒用には五石桶、そのほか手桶、提げ桶に洗い桶、漬物桶にまで手を広げておりやす」

　与一が恥ずかしいような顔になって、

「お父っつぁん、わかったからもういいよ、その辺でさ」

「弁介おじさんは講釈するのが好きなのよ」

「うへへ、そうだったな。直次郎さん、お夏さんも、申し訳ございません」

「いいんですよ、弁介さん。気にしないで」

お夏が言えば、直次郎も好意の笑みで、

「弁介さん、元はそっちの生業の人なんですかい」

「矢車屋じゃございやせんが、昔はそっち方面で職人の仕事をしておりやした。それが店の仲間と諍いを起こして、飛び出しちまったんで。まだ与一が小さい頃で、今じゃ悔やんでおりやすよ。これでもいい職人のつもりだったんでやす」

「矢車屋で知っている人は」

「おりやすとも。主の千兵衛さんです。お引き合わせいたしやしょうか」

「そうしてくれると助かりやさ」

矢車屋千兵衛は頑固そうだが飄逸な人柄の老人で、若い直次郎とお夏をひと目見るや、

「むむっ、これはまた……」

直次郎はお夏と胡乱げに見交わし、戸惑って、

「あの、あっしらが何か」

「おまえさん方は仲はよく見えるが、それは見かけだけで他人のままではないのか。そうであろう」

直次郎は答えに窮し、

「へえ、まあ、その通りでがすが……」

「どうしてわかるんですか」

お夏が少し目を尖らせて言う。

「一緒に並んでいると夫婦みたいに見えるものの、手も握ったことはあるまい。水臭い間柄じゃのう」

二人は店の結界（帳場格子）のそばに並んで座しているが、誰が見ても夫婦者のような親密な感じだ。それをそうではないと言い切る千兵衛は、大した眼力であった。

「あたしはその昔に遊冶郎をしていた頃があっての、若い二人を見るとすぐ目が行くのじゃよ。まっ、それはどっちでもよろしい」

千兵衛は紫煙を燻らせ、煙管の火をポンと灰吹きに落とすと、

「お尋ねの件は一月以上前にうちに早桶の注文があったか、どうかじゃな」

「へい、さいで」

千兵衛は確とうなずいて、

「あったぞ」

直次郎がお夏と喜色で見交わし、

「その相手、教えて下せえやし」

「亡くなったのは木場の上州屋なる材木問屋のご隠居だと聞いたな。そこの番頭が早桶を作ってくれと頼みに来た」

「番頭さんの名めえは」

「ああ、ううっ……忘れてしもうた。わしは一度会っただけだし、金払いがよかったのは憶えておるんじゃが」

ところが上州屋へ行って聞くと、早桶を注文した人物はいなかった。大店で番頭は数人いたが、死人も出ていなければ、誰も桶屋の矢車屋を知っている者などいないのである。

予想はしていたが、これには二人ともがっくりした。悪の一味の誰かが上州屋の人間を騙り、早桶を作らせたのだ。そこには明らかに奸計の臭いがした。

「どうする、直さん、困ったわねえ」

「うんざりだけど、もう馴れっこだよ」

そう言った後、くるっとお夏に向き直り、

「ただひとつ」

「何よ」

「どんな時でも、おれぁ江頭三千蔵の影を感じるぜ。奴はきっとこの謀に加わっているはずなんだ」

途方に暮れながら二人が歩きだすと、後方から上州屋の番頭が追いかけて来た。

「お二人さん、どうも先ほどは」

「ああ、上州屋の番頭さんでしたね。どうしやした」

問いかける直次郎に、番頭は仔細らしく寄って来て、

「矢車屋さんに早桶の注文を出したのは、旦那さんが言っていた通りにうちの者じゃございません。でも、その張本人をわたしは知っております」

直次郎とお夏が意気込んで番頭を見た。

番頭の話によると、その男が上州屋に来た時は四十がらみの番頭風になっていたが、別の日に町で偶然見かけた。その時は黒羽二重の浪人姿で、番頭はびっくりして後をつけ、深川佐賀町の権六長屋を突きとめた。

そうしたところで、訴える筋合いのものでもないからそのままになっていた。しかし浪人のしたことがどうにも腑に落ちず、もやもやと不審を抱えていた。それが今日になって直次郎たちが現れ、このことが何かの役に立つかと、二人を呼び止めたのだ

と言う。

二人は番頭に礼を言い、その足で佐賀町の権六長屋へ急いだ。

長屋に住んでいる浪人者は一人だけゆえ、人違いをするはずもなく、青島佐内(あおしまさない)という名を確かめて二人は乗り込んだ。四十がらみの青黒い顔つきの男だった。

「おめえさん、上州屋の番頭に化けて矢車屋に早桶の注文を出したな。一月(ひとつき)以上前のこった」

「なんの話をしている、無礼は許さんぞ」

青島は烈しく狼狽(ろうばい)し、刀を取って逃げかかった。

直次郎が飛びかかり、お夏が首根を捉え、青島を責め立てる。

「白状しなさいよ、誰の頼みでそんなことをしたの。あたしたちの目を誤魔化すことはできないのよ」

お夏が怒ると、青島はへたり込み、許しを乞(こ)うて、

「頼む、見逃してくれ。浪々(ろうろう)暮らしの銭稼ぎでしたことで、わけなど知らんでやったことなのだ」

「どんな奴に頼まれた」

直次郎の問いに、青島は答える。

「名など知らん。あれはどう見ても宮仕えの小役人であったわ」

十一

日暮れになり、いつも通りに河合家を退いた江頭三千蔵が外へ出て来た。

歩きだすその前に、直次郎が立った。

「青島佐内から聞いたぜ」

江頭は何も言わず、一触即発、不穏な空気を漂わせている。

「なんのために早桶を頼んだ」

江頭は黙ったままだ。

「木場の徳三って人の家の真下に早桶が吊るしてあった。今はなくなっているがな。その早桶ンなかにゃ金の延べ棒が隠してあったんだ。違うかい」

「おまえ、何者だ」

「見ての通り、やつがれはやつがれでござんすよ」

直次郎が嘯く。

「なんのために調べている」

「おめえさんの悪行を暴くためかな。いや、もっと大それたことを考えているのかも知れねえ。いずれにしても、もう枕を高くして寝られねえってことよ」

「斬られたいのか」

「やれるもんならやってみな」

ものも言わず、江頭が抜刀して斬りつけてきた。それより早く直次郎は飛び退き、腰の後ろから鳶口を抜いて身構え、

「おめえさん、いってえ何を考えている。今のままじゃ不足なのか。女房子がいながら、どす黒え野心に身を焦がしていいのかよ」

「おまえ如きにわかってたまるか」

江頭が態勢を立て直し、さらに鋭く斬りつけた。

直次郎は身軽に躱して、

「世をたばかって生きるのはもうてえげえにしろってんだ」

「黙れ、知れたことを申すな、この下郎」

「はン、下郎で悪かったな。そういうおめえさんはなんなんだ。お上の金をぶん取ったこそ泥じゃねえか」

「おのれ、言わせておけば」

江頭が烈しく攻撃する。直次郎とおなじ直心影流だけに、その剣先は鋭い。直次郎は飛び跳ねて躱しまくり、不意にその姿を消し去った。

血走った目で探し廻っていた江頭は、やがて刀を納めて足早に歩き去った。

すると一方の木陰からお夏が現れ、物陰に潜んだ直次郎と目配せし合い、江頭の後を追ったのである。

江頭の足取りは目的を持った確たるものだったから、お夏は自邸とは思わず、どこかで誰かと密会でもするものと見当をつけた。

ところがあにはからんや、行き着いた先は江頭の役宅であった。

辺りはすっかり暗くなり、それをこれ幸いとお夏は邸内に忍び込んだ。お手のものだから音を立てずに天井裏を這い、やがて灯りのある部屋を探し当てた。

奥の間で、江頭夫婦と向き合っていたのは徳三であった。

（ええっ、なんで徳三爺さんがここに……）

驚きのお夏の耳に、密談が聞こえてきた。

「徳三叔父さん、根廻しはもう済んでるから案ずるには及ばないよ。後はもう夜陰に乗じて延べ棒を運び出すだけさ。いろいろと紆余曲折はあったけど、これで何もかもうまくいく」

(延べ棒は江頭の屋敷にあるのね)

お夏が胸の内でつぶやく。

江頭の言葉に、徳三は安堵して、

「いやあ、そいつはよかった。感無量だよ。あれに知られると厄介だからね。できれば事は穏便に済ませたいのさ」

(あれって、あいつのことかしら。双子なのに敵と味方ってこと?)

お夏がさらに耳を欹てる。

千景がうすく笑って、

「それにしても変わったご兄弟ですわねえ。俄には信じられませんわ。血のつながった兄と弟が何食わぬ顔で騙し合い、まるで寝首を掻くようにして金の延べ棒の取り合いをなされておられる。こういうのを世も末と申すのでございましょうね」

そんな皮肉を徳三は笑い飛ばして、

「うふっ、なんとでも言うがいい。あたしは誰が見ても世捨て人だ。木場のぼろ家に住んで人に迷惑はかけておらんのだ。それどころか独り暮らしの哀れな老人として、世間から同情さえされている。この先は金持ちの甥の情けに縋って生きて行くだけさ」

目を細めて江頭に言う。

「うん、いいよ。叔父さんの世話ならわたしに任せておくれ。実の父親などよりずっと気が利く人なんだ」

(ああ、そういうこと……徳兵衛と江頭が親子だったなんて、驚きだわ)

お夏は驚くばかりだ。

「三千蔵や、前々から聞きたいことがあってね、今宵はよい機会だと思うんだけど」

「あのことかい？　徳三叔父さん」

「そうだよ、是非知っておきたいんだ」

江頭は千景と見交わし、

「徳兵衛の片腕がないことを言ってるんだ」

「あたしもまだ聞いておりませぬが」

「その昔に母親をひどい目に遭わせ、揚句(あげく)に息の根を止めたからさ。怒るのは当然じゃないかね」

「まあ、そんな……」

千景が絶句する。

「やはりそんなところだったのか。詳しい経緯は言いたくないだろうが、あたしは得心するよ。あいつは昔から血も泪もないところがあったからね。だから裏渡世を牛耳るような悪い奴になっちまったのさ」

　江頭は溜息ひとつ漏らし、

「それからわたしは徳兵衛の元を離れ、他家へ養子に入って流転を重ね、火盗改めの同心になって精進した。烏天狗に十手を取られてお役御免となり、佐渡奉行に拾って貰った。その頃は真面目を絵に描いたような同心だったよ」

「ええ、おまえ様は真っ正直にお勤めをしておられました」

「そのつもりだったが、だんだんそれにも飽いてきた。何年にもわたり、目の前を通り過ぎていく金の延べ棒を見ているうちに馬鹿馬鹿しくなってきたんだ。やがて延べ棒を盗む羽目になるとは思っていなかったけど、これもわたしの定めなのかも知れない。悪いことをしたとは思っていないよ」

「ところがおまえ様は、最初に徳兵衛さんを抱き込み、延べ棒を隠したのですよ。それが後々仇となってこんな身内の騒動に」

「ああ、馬鹿なことをしたよ。滑稽だね。延べ棒が徳兵衛から徳三叔父さんの手に移り、一時は行方が定まらなかった。自分でしておきながら気ばかり揉んでいた」

「早桶に延べ棒を隠し、あたしの家の真下に吊るしたのはいい考えだと思ったけどね。

まっ、延べ棒十本くらいどうってことないさ、三千蔵。幕府の連中なんざもっと悪いことをしている奴がいっぱいいる。うちらみたいな下っ端(ぱ)が千両や二千両をふんだくったって、痛くも痒くもないはずだよ」

「うむ、だからわたしも気にしてないよ。お宝を手に入れたら、侍を辞めて気楽に生きたいものさね」

徳三が「ふふっ」と邪(よこしま)な笑みになり、

「三千蔵や、お宝を小判に替えてくれる人は確かなんだろうね」

「心配ないよ。今宵これからその人の所へ運ぶんだ。叔父さんも一緒にお出でな」

「そりゃ構わんが、悶着は御免だよ」

「わたしがついていて、そんなことがあるものか」

緊張して聞いていたお夏が背後に気配を感じるや、サッと振り向いた。

後方に黒い影がうずくまっていたのだ。それは黒装束のお蓮で、やはりお夏に気づいて突き刺す目を投げて寄こした。

二人は無言で睨み合い、共に匕首を抜いて退き、天井裏から抜けだし、庭に着地して対峙した。

「よっ、ここであたしとやり合っても仕方がないだろ。今の話を聞いていたはずだ。

勝負はお預けにして、行き着くところまで行かないかえ」

お蓮が言うと、お夏は不敵に笑って、

「それはちょっと迷うところね、知らせなきゃいけない人がいるから。あんた一人で延べ棒はぶん取れないわよ。手下はみんないなくなっちまったんでしょ」

「なんとかするさ。たとえ延べ棒一本でも手に入れたいのがあたしの本音よ」

「そうはさせないわ。延べ棒はお上のものなの。手を付けちゃいけないのよ」

「はン、小娘がほざくんじゃないよ。もっとも尋常な娘とは思ってないけど。あんたの正体ってなんなの」

「黒猫って呼ばれてるの、あたし」

「なんだって」

お蓮が驚きの目を剝く。

「あんたは烏天狗よね、知ってたわ」

「畜生、こんな所で黒猫に出くわすなんて」

歯ぎしりしたお蓮が襲いかかって来た。

お夏が白刃を匕首で弾き返し、応戦する。

無言の闘いが繰り広げられた。

「あうっ」

突如、お蓮が叫んだ。

背後に立った江頭が、抜き身の刀でぶっ刺したのだ。お蓮は仆れて苦しんでいたが、やがて絶命する。

「貴様ら、いずこの者たちだ」

刀を向けられ、お夏が佇立した。

江頭がズカズカ近づいて来た。

お夏はすばやく身をひるがえし、逃げる。その姿が木立の彼方に消えた。

切歯しながら刀を納める江頭に、徳三が寄って来た。

「どうする、今宵はやめにするかい」

「そうもゆかんよ、叔父さん。どうでも今宵中に決着をつけたいんだ」

十二

お夏が先に立ち、直次郎が夜道を駆っていた。

「お夏、でかした、でかしたぞ」

「ンもう、こんな忙しい夜もないものだわ」

江頭が町内で雇った鳶の衆の何人かに大八車を引かせ、それに延べ棒十本を収めた葛籠を一つ載せ、霊巌島新堀まで運んだ。一行はとある小屋敷へ入って行き、その姿が邸内へ消えた。やがて鳶の衆が現れて去って行き、その小屋敷に間違いないと踏んだお夏は付近で住人のことを聞き出して、深川まで一気に走り、すべてを直次郎に伝えた。

「その屋敷の主ってな何者なんだい」

「元金座の役人で、不正を働いて辞めさせられた人みたい。胡散臭いわよねえ。どこかで江頭とつながって、延べ棒をどうにかしようとしているのよ」

「なるほど、そういうことかい」

「江頭と徳三爺さんが結託して、徳兵衛を出し抜いたってことね。みんな欲にかられた亡者なんだわ。おおっ、やだやだ」

「烏天狗は江頭にぶった斬られたんだな」

「仕方ないわよ、お蓮も強欲だから身を滅ぼしたんだわ」

苔むした屋敷の門前に立ち、二人は無言で見交わして邸内へ忍び込んだ。

奥座敷では江頭、徳三、そして屋敷の主である山中三右衛門が向き合って座していた。

双方の間には、十本の金の延べ棒が並べられている。

老齢の三右衛門が、なつかしいように一本の延べ棒を手にして、

「ああ、久し振りに拝むねえ。これの横流しを企んであたしは馘ンなっちまった。証拠がないから罰せられなかったけど、返す返すも残念でならないよ。今ではすっかり世捨て人さ」

「世捨て人というとあたしのことだ。同情しますよ」

「ははは、それはいい。後で一献傾けましょうか、徳三さん」

「へい」

「三右衛門さん、これをみんな買ってくれるんだな」

江頭の言葉に、三右衛門はうなずき、

「せめてお上への意趣返しをさせて貰いますよ。なあに、これをあたしがどうにかするんじゃなくて、金を溶かして小判にするだけなんだ。贋金じゃなくて、出廻ってる小判が増えるだけの話なんだから罪にはならないはずですよ」

「後はどうしようがあんたの勝手だ。金は貰って帰れるかな」

「いいですとも、お待ちを」

三右衛門が出て行き、江頭と徳三がひそかに見交わし合った。

すると三右衛門がすぐに戻って来て、棒立ちになっている。

「どうした、三右衛門さん」

形相を変えて江頭が問うた。

三右衛門は青い顔で答えず、おののいている。

その後ろから徳兵衛が現れた。匕首を三右衛門の背に突きつけている。徳兵衛の背後には屈強(くっきょう)な用心棒の浪人五、六人がしたがっていた。

「こんなこったろうと思ってね、ずっとつけ廻していたんだ。徳三や、おまえって奴はなんて男なんだ」

徳兵衛の目に殺意を見た徳三が怯えた。

「兄さん、勘違いしないどくれ。あたしは何も悪いことは。みんな三千蔵の考えでしたことなんだ。仕方がなかったんだよ」

「徳三叔父さん、それをここで言うのか。よくもそんな」

江頭が目を怒らせた。

「やっておしまい」

徳兵衛が冷酷に言い放ち、浪人たちが抜刀して襲いかかった。

呆気なく徳三が斬り伏せられ、白刃が江頭に向けられた。

江頭は刀を取って立ち、鞘から抜き放って対峙する。

「お父っつぁん、実の伜に刃を向けるのか」

「実の伜だなんて思ってないよ。あたしとおまえはこうなる運命だったのさ。観念おし」

浪人たちの兇刃が一斉に唸った。

江頭が応戦し、入り乱れた闘いになった。

とばっちりで三右衛門が斬られた。

そこへ直次郎とお夏が飛び込んで来た。鳶口が走り、匕首が閃く。浪人たちが次々に仆されていく。

「ううっ」

江頭の口から悲鳴が漏れた。

浪人の一人に斬られたのだ。

直次郎とお夏が徳兵衛に迫った。

「もうおしまいよ」

お夏に言われ、徳兵衛はがくっと膝を折った。

十三

徳三の苫屋を、木場人足たちが取り壊していた。

それを直次郎とお夏が眺めている。

「直さん、延べ棒は無事にお上へ戻ったそうよ。投げ文ひとつで役人たちが目の色変えて持ってったんだって」

「おめえだろ、投げ文の主(ぬし)は」

「さあ、どうかしら」

お夏は惚けておき、背を向けて歩きだし、

「あ、そうそう、徳兵衛は捕まって大罪に処せられるはずよ」

結局、徳兵衛は金の延べ棒抜き取りの方法を江頭から聞いていなかった。

江頭もお蓮も徳三も、そして山中三右衛門も死んでしまい、そのからくりを知る者は皆、空に消えてしまったのだった。

「それにしてもよ、どうしてそう見えないんだろ」

お夏が問題を投げかけた。

「なんの話だい」

「矢車屋の千兵衛さんが言ってたじゃない、あたしたちはいい仲には見えないって」

「人の目は様々だからな」

「でも誰が見ても夫婦に見えるはずよ、年も近いんだし。あたし、直さんによそよそしく見えるのかしら」

「そんなこたあるめえ。おめえがおれに尽くしてるのは誰の目にもはっきりしてらあな」

「だったら……」

「千兵衛さんがおかしいんだよ」

「そうかしら」

「そうに決まってるよ」

「でもねえ、悩ましいところだわ」

「あはっ、近過ぎておれとおめえは兄妹に見えるんじゃねえのか、きっとそうだぜ」

「つまらないわよ、兄妹じゃ」

「まっ、そのうちな」

妙に含みを持たせる言い方だ。

「えっ、そのうちなんなの」

直次郎が先を急ぎ、お夏が文句を言いながら追った。

早春の空はよく晴れて雲雀(ひばり)が囀(さえず)っていた。

時代小説

二見時代小説文庫

空飛ぶ黄金 怪盗 黒猫4

二〇二二年 四 月二十五日 初版発行

著者 和久田正明

発行所 株式会社 二見書房
〒一〇一-八四〇五
東京都千代田区神田三崎町二-一八-一一
電話 〇三-三五一五-二三一一 [営業]
〇三-三五一五-二三一三 [編集]
振替 〇〇一七〇-四-二六三九

印刷 株式会社 堀内印刷所
製本 株式会社 村上製本所

ISBN978-4-576-22045-1
https://www.futami.co.jp/

和久田正明

十手婆 文句あるかい シリーズ

完結

①火焔太鼓
②お狐奉公
③破れ傘

深川の木賃宿で宿の主や泊まり客が殺される惨劇が起こった。騒然とする奉行所だったが、目的も分からず下手人の目星もつかない。岡っ引きの駒蔵は見えない下手人を追うが、逆に殺されてしまう。女房のお鹿は息子二人と共に、亭主の敵でもある下手人をどこまでも追うが……。白髪丸髷に横櫛を挿す、江戸っ子婆お鹿の、意地と気風の弔い合戦！

二見時代小説文庫